FOLIO JUNIOR

EVERWORLD

Déjà parus dans la série

EVERWORLD

1. A la recherche de Senna

2. Le Pays perdu

3. L'Enchanteur

4. Le Domaine de la peur

5. Le Destructeur

K. A. APPLEGATE

EVERWORLD

LE DESTRUCTEUR

Traduit de l'américain
par Pascale Houssin

FOLIO JUNIOR/GALLIMARD JEUNESSE

Pour Michael et Jake

Titre original : *Discover the Destroyer*
Edition originale publiée par Scholastic Inc., 2000

CHAPITRE I

Ils m'avaient retiré l'épée. Celle qui appartenait à Galaad. Mais c'était mon épée. Mon épée à moi.

Christopher et Jalil m'avaient dit de la passer à April. Pourquoi ? A cause de Senna. D'après eux, on ne pouvait pas me faire confiance ni compter sur moi à cent pour cent tant qu'elle serait à nos côtés.

Et pourtant combien de fois avais-je volé à leur secours – à notre secours à nous tous ? Combien de fois étais-je monté au front ? Je n'étais peut-être pas le seul, mais j'étais toujours en première ligne, là où il y avait un maximum de risques.

Combien de fois avais-je été prêt à sacrifier ma vie pour faire ce qu'il fallait ? Et tout ça pour quoi ? Pour me faire jeter comme un malpropre.

« David ne sait pas s'y prendre avec Senna. Il est raide dingue d'elle, tu comprends, mec ? Il lui appartient. Elle en fait ce qu'elle veut. Elle le manipule comme un pion. Comme un jouet. Elle l'a ensorcelé. »

Et c'était vrai, je le savais. Mais c'est justement à

cause de ça que je pouvais lui résister, même quand elle tendait la main pour me toucher et que je sentais le pouvoir qui émanait d'elle. Un pouvoir parfois glacial et écrasant ; parfois si chaud, si juste, si...

Mais je tenais bon. Elle avait des pouvoirs, d'accord. Elle pouvait m'atteindre, d'accord. Mais j'étais un homme libre. Libre de dire oui ou non, capable de prendre telle ou telle décision.

Senna. Elle était belle, c'est vrai. Mais il n'y avait pas que ça. Dans le monde réel, j'aurais sûrement trouvé des tas de mots pour la qualifier. J'aurais pu dire qu'elle était séduisante, troublante, fascinante ; qu'entre elle et moi, c'était une question de réactions chimiques ou un truc dans le genre. Bref, des excuses plutôt que des explications.

Mais ici, à Everworld, dans cet univers où les règles sont totalement différentes, où tout évolue en permanence, mais jamais dans le sens où l'on s'y attend, il y a un mot précis pour le mystérieux pouvoir de Senna.

La magie.

Senna a des pouvoirs magiques. C'est une sorcière. Et pourtant je suis un homme libre. Je suis toujours David Levin. Elle n'y changera rien.

Mes amis m'avaient confisqué l'épée, puis ils s'étaient décidés à me la rendre. Et ça, juste au moment où la mort planait au-dessus de nos têtes, qu'elle était là, impérieuse, implacable et imminente. Quand Nidhoggr avait émergé de sa montagne d'or et qu'on avait vu surgir une tête dix fois plus grosse que celle d'un tyrannosaure, April m'avait tendu l'épée sans rien dire.

A présent je l'avais en main, les doigts repliés sur sa poignée capable de brûler la paume d'un homme. Je la tenais fermement, mais la lame pointée à l'oblique vers le sol, sur un amoncellement de richesses qui dépassait l'imagination.

J'avais essayé de tuer un dragon une fois... et j'avais échoué. Lamentablement. Tout juste s'il avait remarqué ma présence !

Et ce dragon que je n'avais pas été fichu de tuer était un bébé en comparaison de Nidhoggr. Autrement dit : inutile de songer un quart de seconde à s'attaquer à ce nouveau monstre cuirassé de diamants. Et gros comme une baleine bleue, avec ça ! A côté de lui, j'étais un moustique et l'épée de Galaad était mon dard. Si Nidhoggr était resté allongé gentiment, sans rien faire, sans bouger d'un poil, histoire que je puisse prendre tout mon temps, alors là je ne dis pas. Au prix d'un effort considérable et en y mettant toutes mes forces, j'aurais peut-être pu lui enfoncer ma lame dans le ventre de façon à toucher un organe vital. Si Nidhoggr avait été dans le coma ou complètement gâteux, d'accord. J'aurais pu réussir à le tuer. Mais c'était loin d'être le cas. L'énorme dragon était alerte et en pleine possession de ses capacités. Dans ces circonstances, non merci.

Malgré tout, j'avais retrouvé mon épée. Et avec elle, mes responsabilités envers le groupe et l'obligation tacite de « faire quelque chose ».

« Vas-y, David, à toi de jouer ! Nous, on s'est plantés alors on te laisse la place. A toi de mourir en premier. »

ça me rendait fou. Fou de rage et d'amertume. Maintenant qu'on était acculés, sans aucune marge de manœuvre, maintenant qu'il n'y avait plus rien à faire, que l'épée de Galaad m'était aussi utile qu'une fourchette à gâteau, crac ! c'était à moi de m'y coller.

« Fais quelque chose, David ! On a de nouveau confiance en toi. Allez, vas-y, c'est facile : tu prends ton épée et tu vas botter les fesses de Godzilla. »

Mais j'avais beau être en colère, je sentais qu'il fallait se rendre à l'évidence. Premièrement, nos vies étaient entre les griffes de Nidhoggr. Deuxièmement, nous étions perchés sur une montagne d'or. Un trésor si fabuleux qu'il aurait fallu je ne sais combien de centaines de zéros pour l'estimer à sa juste valeur. Une fortune à vous donner le tournis.

Nous allions être sacrifiés sur l'autel de la richesse. Une richesse qui dépassait le P.N.B. de toutes les grandes puissances économiques mondiales. Rien que ça ! Dire qu'on venait à peine d'échapper à Hel et à son charmant petit frère, le serpent Midgard. Hel, moitié morte, moitié vivante, entièrement redoutable. Il y avait de quoi oublier ses petites rancunes personnelles...

Nidhoggr s'était fait voler quatre objets : une pierre, une lance, une épée et un chaudron. Quatre objets qui avaient disparu de son trésor. Quatre objets magiques. Mais avec tout ce qu'il avait déjà amassé, qu'est-ce que ça pouvait lui faire ? Les dragons n'en ont-ils donc jamais assez ? Une telle cupidité me choquait.

On était là, tous les cinq, au milieu d'une avalanche d'or, de diamants, d'émeraudes, de rubis, de couronnes, de sceptres, d'armures, d'épées et d'un fantastique bric-à-brac d'objets divers. On était là comme des crétins – cinq ados du nord de Chicago – en train de contempler un dragon tellement gros qu'il aurait pu avaler un terrain de foot en moins de temps qu'il ne m'en faut pour manger un hot dog. Il s'était carrément mis à pleurer de rage en évoquant les lutins.

Car c'étaient les lutins qui l'avaient volé avant de s'en retourner dare-dare au pays des fées.

En entendant ça, je m'étais porté volontaire pour aller récupérer le butin. Vu qu'on avait le choix entre se faire dévorer tout crus ou brûler vifs par ce monstre, autant essayer de négocier.

– Hé ! De quoi tu parles ? me lança Christopher. Qu'est-ce que c'est que cette histoire de lutins ? Tu veux qu'on aille chercher la gamelle de ce gros lard au pays des fées ? T'es dingue ou quoi ? On ne pourrait pas se poser cinq minutes, non ?

Je fixai Christopher jusqu'à ce qu'il se décide à me regarder en face.

– Écoute, vieux : les lutins sont tout petits. Le dragon ici présent est énorme. Pigé ?

– C'est bon. Tu marques un point, me dit-il en plissant les yeux.

– Mais je... je croyais que les lutins fabriquaient des chaussures ? avança April.

– Des âneries de l'Ancien Monde, tout ça ! gronda Nidhoggr dans un murmure qui faillit nous crever les tympans. Jadis, toutes les créatures du royaume de Féerie étaient sous contrôle. Les druides les surveillaient de près et les dieux eux-mêmes les empêchaient de jouer leurs sales tours. Ah ! A cette époque, aucun habitant de Féerie n'aurait osé s'attaquer au trésor de Nidhoggr ! Le Daghdha ne l'aurait pas toléré. Mais les temps ont changé, hélas!...

– Le Daghdha ? reprit April en jetant un coup d'œil à Jalil, qui haussa les épaules. Qui est-ce ?

– Le Dieu suprême des Celtes, ignares blasphémateurs ! s'écria le dragon.

De ses naseaux s'échappa un souffle puissant qui aurait facilement poussé un voilier jusqu'en Nouvelle -Calédonie.

– Et où est-il ce Daghdha ? Il ne peut pas vous aider à récupérer votre trésor ?

Nidhoggr parut légèrement embarrassé. Ses iris, qui avaient la taille d'un homme de bonne stature, se rétrécirent de quelques centimètres.

– Les objets volés appartenaient au Daghdha, nous expliqua-t-il à contrecœur. Ils... Ils m'ont été transmis après que Ka Anor eut dévoré le Daghdha.

– Hmm, fit Christopher. Maintenant, tout est clair pour moi, pas de problème. Allons-y, les gars ! Aïe-hi! Aïe-ho! il faut s'mettre au boulot ! On va faire un tour en Féerie et on vous rapporte vos quatre bibelots !

– Nidhoggr n'est pas un imbécile, persifla le dragon. C'est bien gentil de dire que vous reviendrez avec ce trésor qui m'appartient en toute légitimité, mais votre parole ne suffit pas. J'ai besoin d'une autre garantie.

– Je peux vous laisser mon sac à dos, si vous voulez ? suggéra April.

Nidhoggr se fendit d'un large sourire qui nous offrit une vue imprenable sur ses crocs et sur le magma en fusion qui bouillonnait au fond de sa gorge.

– Je crois que j'ai une meilleure idée...

Soudain, à trois pas de nous, quatre personnages émergèrent du gigantesque amas d'or et de bijoux. Avec leur torse massif, leurs bras musclés et leurs jambes trapues, on aurait dit des trolls... en nettement plus petits. Mais avec Nidhoggr en toile de fond, tout paraissait plus petit de toute façon.

Chacun d'eux tenait un rubis au creux de ses mains – des mains à trois doigts, robustes et calleuses. Des rubis rouge sang, étincelants, gros comme le poing. Peut-être même plus. Gros... comme le cœur d'un homme, par exemple.

Les trolls nous les tendirent comme une offrande.

– Vous allez nous payer ? s'étonna Jalil.

Nidhoggr éclata de rire et cet accès d'hilarité déclencha une sorte de cataclysme cacophonique qui me fit littéralement suffoquer. Sous nos yeux effarés et fascinés, les quatre rubis se mirent alors à palpiter. Tout à coup, je ne sentis pas mon cœur dans ma poitrine. Plus aucun battement, plus la moindre pulsation. Rien. Le calme plat. Drôle de sensation. Surtout quand on est vivant.

Mon cœur était à présent dans les mains du troll et j'avais un rubis dans la poitrine !

– Ces pierres vous garderont en vie pendant six jours, nous annonça Nidhoggr. Si vous voulez récupérer vos cœurs, revenez me voir dans six jours avec mon trésor.

– Six jours ! Mais on ne sait même pas comment... Je veux dire... Que se passera-t-il si nous mettons plus de temps ? demanda April.

D'une main fébrile, elle essaya de sentir son rythme cardiaque. Rien.

– Dans six jours, les rubis se consumeront du feu de Nidhoggr. Servez-moi comme il se doit et vous vivrez. Sinon, vous mourrez.

Quatre rubis en échange de quatre cœurs. Seule Senna gardait le sien. Je me demandais pourquoi, mais je savais que la réponse risquait d'être terrifiante.

– Maintenant partez ! tonna le dragon. Et rapportez-moi mon bien.

Chapitre 2

– Bon. J'ai une petite question à poser, dit Christopher. Pourquoi ce gros plein de soupe ne va-t-il pas rechercher ses affaires lui-même ? C'est sûrement pas le genre de mec à se laisser marcher sur les pieds. Il y a un truc qui m'échappe. Dans un match contre King Kong, ce gros lard remporterait la victoire les doigts dans le nez en moins de vingt secondes. Et il ne serait pas capable d'affronter une poignée de lutins ? A d'autres !

Effectivement, je lui avouai que c'était une bonne question.

– Alors je vais t'en poser une autre, enchaîna-t-il. Comment allons-nous faire pour trouver le chemin de ce foutu royaume des Fées ?

– Ouais, ça fait deux bonnes questions, déclarai-je. Mais avant toute chose, je crois qu'on ferait bien de mettre un maximum de distance entre Nidhoggr et nous. Sans parler de Hel et de Midgard, qui sont encore un peu trop près à mon goût.

Nous avions une mission et c'était moi le responsable. Ce qui ne voulait pas dire que les autres me faisaient confiance, non. Pas tant que Senna se tiendrait silencieusement à mes côtés. Mais c'était à moi de prendre les choses en main.

– Encore un truc : il n'y aurait pas un brave type dans le coin qui pourrait nous renseigner ? demanda Christopher.

Nous nous engageâmes dans un tunnel qui montait en pente raide. Au bout d'une heure, on n'avait toujours pas atteint la surface. Je n'avais plus aucun repère. Et bien entendu, pas la moindre idée de l'endroit où nous allions débarquer.

J'avais une pierre dans la poitrine. Un rubis à la place du cœur. Et dans six jours, ce rubis prendrait feu et moi avec. Fin.

Nous avions faim et soif. Nous étions épuisés. Après toutes les horreurs dont nous avions été témoins, nous avions la tête pleine d'images atroces et de souvenirs difficilement racontables.

Et bizarrement, j'étais plutôt optimiste.

Enfin un boulot clair et net. Ça simplifiait les choses. Enfin une ambition, un objectif incontournable, une quête vitale qui nous rassemblaient tous. Rapporter quatre objets à Nidhoggr. C'était ça ou la mort. Délai imposé : six jours. Et connaissant le vieux dragon, il ne nous laisserait sûrement pas jouer les prolongations.

– Il est trop gros, dit Jalil. Depuis le temps qu'il est au fond de ce trou, ou de ce volcan – peu importe –, il a dû grandir d'année en année.

– Et alors ? demanda Christopher.

– Alors c'est pour ça qu'il ne peut pas se lancer lui-même à la poursuite des lutins, lui expliqua patiemment Jalil.

– Je signale qu'il a des ailes, mec. Il pourrait très bien décoller à la verticale et s'échapper par la cheminée du volcan.

– A mon humble avis, je dirais que c'est impossible, reprit Jalil. Mais comme j'ai bien appris ma leçon, je sais maintenant que la frontière entre le possible et l'impossible est assez élastique ici. En tout cas, si Nidhoggr était capable de régler ce problème tout seul, il ne nous aurait pas demandé de nous en charger. Je pense que les lutins se doutaient qu'il ne se lancerait pas à leur poursuite, autrement il faudrait être fou pour oser venir piquer un truc à ce monstre. D'un autre côté, je dis ça, mais je ne connais rien aux lutins. Si ça se trouve, ils sont tous fous à lier. Va savoir !

Je m'attendais à ce que Christopher pose une autre question. Une question évidente. Mais c'est April qui la posa.

– On est cinq. Et quatre à avoir un rubis à la place du cœur. Bizarre, non ?

Elle guetta la réaction de sa demi-sœur, mais Senna continua à regarder droit devant elle.

Christopher saisit la balle au bond.

– Allez ! Tu sais bien que Senna n'a pas de cœur !

Senna resta muette. Son visage n'exprimait rien.

– Hein, Senna ? Hein, mademoiselle la sorcière ?

continua Christopher, histoire de la charrier. De la pousser à bout.

Et de se moquer de moi du même coup. Il n'attendait que ça. Que je craque. Preuve que j'étais le joujou de Senna. Le prétexte idéal pour me forcer à abandonner l'épée.

– Alors, dame sorcière ? Dis-nous : est-ce que tu as un cœur ou pas? Simple question de curiosité. Je veux dire, c'est par pur intérêt scientifique, tu comprends ?

Silence. Indifférence. Senna avait la tête ailleurs. Très, très loin. Elle était sur une autre fréquence. Elle avait ses propres motivations. Sa vision personnelle des événements. Peut-être pouvait-elle voir plus profondément à l'intérieur des choses. A moins qu'elle ne s'occupe que de son propre cas ?

Comme on était ensemble, j'aurais aimé croire que je comprenais tout. Me dire et me répéter qu'il y avait vraiment un truc entre nous. Mais je n'étais pas aveugle, ni complètement idiot. Je la voulais. Elle, elle voulait se servir de moi. Nuance. Pour elle, j'étais un vulgaire outil. Un marteau dans la main du charpentier.

Changeons de sujet.

– Jalil, tu n'as pas arrêté de prendre des notes, de faire des plans, des cartes et tout ça. Est-ce que tu as une idée de l'endroit où débouche ce tunnel ?

Jalil se mit à ricaner.

– Tout ce que je sais, c'est qu'on peut aussi bien atterrir dans les cachots de Loki que dans les pattes de Fenrir. Comment veux-tu t'orienter dans un univers qui n'obéit à aucune organisation logique? On met vingt-quatre heures pour passer des terres gelées des Vikings au royaume suffocant des Aztèques. Après on se retrouve en pleine campagne anglaise en l'espace de dix minutes. Au bout de quelques jours de marche, on arrive chez Hel. Là, on dégringole dans un trou de plusieurs kilomètres de profondeur et on s'en tire avec trois malheureuses égratignures. Et tu me demandes si j'ai une carte ?!

– Monsieur Spock, vous m'entendez ? On compte sur vous, Monsieur Spock ! lança Christopher.

Nous marchâmes en silence pendant un bon moment. Christopher n'avait même plus la force de plaisanter. Dès qu'il est crevé, il ne desserre plus les dents. Et il faut vraiment qu'il soit vanné pour la fermer. Somme toute, c'était assez normal. Par contre, c'est April qui m'inquiétait. Je ne sais pas ce qu'il y a entre elle et Senna, mais ça doit être grave.

Jalil et Senna ne peuvent pas se supporter. Christopher traite Senna comme il nous traite tous, c'est-à-dire avec un total mépris malgré ses airs blagueurs et son humour à dix balles. Mais April déteste Senna. Elle la hait. Et ça, ce n'est pas du tout dans son caractère.

April et Senna ont le même père. J'ai cru comprendre que le papa en question avait eu une aventure avec la mère de Senna, qui s'est tirée un beau jour. Du coup, papa s'est repointé et il a décidé d'élever Senna sous son propre toit. Senna et April sont donc devenues sœurs du jour au lendemain. C'est peut-être là le problème. Une histoire de rivalité fraternelle ou un truc dans le genre, j'en sais rien. Je ne suis pas psy. Les motivations profondes des gens, leur côté obscur, tout ce qui dort au fond d'eux, j'y comprends pas grand-chose. Ou quand ça m'arrive, c'est une semaine après tout le monde.

– Je crois que j'aperçois des étoiles, dit soudain April. Là, juste au-dessus de nous.

Je levai les yeux. Le tunnel baignait dans une lumière tamisée, vaguement rougeâtre. Pourquoi ? Parce que c'était comme ça, un point c'est tout. Voilà ma façon de répondre à tous les mystères d'Everworld. Pourquoi ? Parce que. Avance et tais-toi.

Jalil se creuse toujours la tête pour comprendre le comment et le pourquoi des choses. Un de ces jours, peut-être qu'il écrira le Grand Guide d'Everworld : «Ne ratez pas le château de Galaad, il vaut le détour. En revanche, nous vous déconseillons le Club Med de Hel.»

Je plissai les yeux afin de m'isoler de la clarté ambiante. Des étoiles ? Oui, peut-être bien. J'inspirai à fond. Ça sentait bon. Est-ce que c'était des fleurs ou du parfum ? Sans doute le parfum d'April. Mais non, c'était stupide. Ça faisait longtemps qu'April n'avait pas pris de douche – comme nous tous d'ailleurs.

– Ça sent les fleurs.

– Et moi je trouve que ça pue, grogna Christopher. Par contre, je vois les étoiles. Il doit faire nuit. Mais comment ça se fait ? Il faisait grand jour quand on a quitté Gros-Tas-de-Soupe et sa montagne de trésor, non ?

– B.A.E., lâcha Jalil.

Bienvenue A Everworld. Un condensé de réponse à toutes les bizarreries de ce monde.

En tout cas, c'était bien le ciel qu'on voyait au bout du tunnel. Un ciel noir avec des étoiles. Des tas d'étoiles. Et même un vague quartier de lune. J'en aurais presque pleuré. La lune ! Le ciel ! Les étoiles ! Ça faisait si longtemps qu'on était sous terre...

– Salut, là-haut, murmurai-je doucement. Je me demandais si je vous reverrais un jour.

April poussa un énorme soupir de soulagement.

– Je ne sais pas si je vous l'ai déjà dit, mais j'en ai vraiment marre d'être là-dessous. Sortons vite avant que ce mirage s'évanouisse.

Malgré la fatigue, tout le monde accéléra le pas. Même Senna.

Ce n'était pas un mirage. A présent, on voyait nettement la lune à travers les arbres. Les étoiles scintillaient. Il y avait un parfum lourd dans l'air. Ce parfum, je l'aurais reconnu entre mille. Quand j'étais petit et que j'allais chez mes grands-parents, sur la côte est du Maryland, j'étais toujours frappé par cette odeur. Je n'y connais rien aux fleurs, mais j'ai retenu le nom de celle-là : chèvrefeuille.

Enfin le bout du tunnel. Je tirai mon épée et je passai devant les autres pour tenter une sortie. Notons au passage que personne ne semblait postuler pour le job. Je fis un pas dehors, la lame pointée devant moi, paré contre toute éventualité. Je n'avais pas peur. Pas après tout ce qu'on venait de vivre. Pour moi, il ne pouvait rien y avoir de pire que Hel.

Je regardai le ciel. Est-ce que c'était les mêmes étoiles que chez nous ? Je n'en savais rien. L'astronomie et moi, ça fait deux. Apparemment on était à la lisière d'un bois. Les arbres n'étaient pas aussi grands que ceux de la forêt qu'on avait traversée avant d'arriver chez Hel. Ces arbres-là avaient l'air moins lugubres, même en pleine nuit. Je n'irais pas jusqu'à dire qu'on se sentait parfaitement en sécurité, mais il n'y avait rien qui fasse instinctivement dresser les cheveux sur la tête. Au-dessus de l'entrée du tunnel, le terrain montait en pente douce jusqu'en haut d'une petite colline verdoyante.

Je tendis l'oreille. On n'entendait rien à part un léger bruissement de feuilles. Et peut-être un vague bruit d'eau dans le lointain, mais je n'en aurais pas donné ma main à couper. En tout cas, une chose était sûre : ce n'était pas le monde souterrain de Hel, ni la salle du trésor de Nidhoggr. J'étais à l'air libre, sous un ciel étoilé, les joues caressées par la brise, et ça sentait bon les fleurs.

Les larmes me montèrent aux yeux. C'était plus fort que moi. Trop de scènes d'horreur dans la tête. Trop de sueur froide collée à la peau. Trop de résidus d'adrénaline dans les veines. Trop d'images. Des images choc, en direct et en couleurs. Des images haute définition sur l'écran de ma mémoire. Avec un passé aussi encombrant, est-ce qu'il restait encore de la place pour autre chose ? Quelle pensée agréable pouvait surgir au milieu d'un tel monceau d'atrocités ?

Je pris le temps de respirer à fond deux ou trois fois de suite. Je ravalai mes larmes. Oublie tout ça. Essaie d'oublier. Fais comme si tu avais tout oublié, David.

– Venez !

Jalil fut le premier à me rejoindre.

– Je me demande si la lune est réelle. Et les étoiles ? Et tout le reste ?

– Tout ce qu'il y a de plus réel, mec.

– Tu sais, il y a longtemps – très, très longtemps – les gens croyaient que le ciel était comme une grande passoire renversée. Quand le soleil passait dessous, il faisait jour, quand il passait au-dessus, c'était la nuit. Et la lumière qui passait par les petits trous de la passoire, c'était les étoiles.

– Ah ouais ?

– Ouais. Et tu veux que je te dise ce qui me chiffonne ?

– Quoi ?

– C'est que ça pourrait très bien être le cas ici. Le coup de la passoire, si tu préfères.

Puis il reprit d'une drôle de voix :

– Si je savais comment m'y prendre, mec... Si seulement je savais, j'effacerais tout ce qu'on a vu jusqu'ici, je le rayerais de ma mémoire. Je prendrais un couteau et tchac, je trancherais dans le vif. Merde ! Ce que la lune est belle !

C'est à ce moment-là qu'on a entendu un cri.

Chapitre 3

– Moi j'ai rien entendu, déclara Christopher en s'approchant par-derrière.

– Quelqu'un a crié, insistai-je avant de réaliser qu'il avait parfaitement entendu lui aussi. On aurait dit une fille.

– Normal, mec. Ici, il y a quelqu'un qui crie toutes les dix secondes. Et généralement, c'est moi.

– Faut aller voir, dis-je.

– Te sens pas obligé, mec, plaisanta Christopher.

Senna prit la parole. Je fus surpris d'entendre le son de sa voix. Ça faisait si longtemps qu'elle se taisait.

– Ça pourrait être dangereux, David. Et puis tu as déjà assez de trucs à gérer comme ça.

Les autres retenaient leur souffle, je le sentais bien. Ils attendaient de voir. Est-ce que j'allais répondre aux ordres comme un bon petit soldat ? « Oui, m'dame ! Tout de suite mon capitaine ! »

Encore un cri. Nettement plus près. Il était clair que c'était une voix de fille. De jeune fille. Complètement paniquée.

– Restez ici, je reviens tout de suite, leur dis-je.

Ha ! Ils étaient bien embêtés maintenant. Ils voulaient que je laisse tomber Senna mais, pour une fois, ils étaient d'accord avec elle. Du moins Jalil et Christopher.

– Je vais avec toi, déclara April.

Nous descendîmes l'étendue qui nous séparait des bois. Ces bois que, dans ma grande naïveté, j'avais pris pour une oasis de calme et de tranquillité. C'était idiot, j'en avais parfaitement conscience, mais celui qui me verra tourner le dos à quelqu'un qui crie au secours n'est pas encore né.

Dans un flash, je revis ces hommes enterrés jusqu'au cou. Ils étaient des milliers et des milliers. Seules leurs têtes dépassaient du sol. Suprême raffinement de Hel : des milliers de crânes humains, des pavés vivants pour daller la route qui menait à son domaine infernal ! Ils appelaient au secours, eux aussi. Ils devaient encore être en train de hurler, de gémir, de pleurer.

Nous leur avions marché dessus, nous leur avions écrasé la tête, arraché les cheveux avec nos semelles. Et je n'avais pas levé le petit doigt pour les sauver.

A présent, nous avions passé les premières rangées d'arbres. Je fis une halte. Ça sentait divinement bon. Je me remis à culpabiliser. Tous ces hommes. Les malheureux...

« Sauve qui tu peux, David, me dis-je à moi-même. Fais ce que tu peux. Tu ne pouvais pas tuer

Hel, ni la changer, ni délivrer ses victimes, pas vrai ? Contente-toi de faire ce qui est à ta portée. »

« C'est ça, ricanai-je au fond de moi, montre que tu es un homme, David. Un vrai. Mais à condition qu'il n'y ait pas trop de risques et que l'adversaire ne soit pas trop méchant, hein ! »

Tout à coup, j'entendis des pas. Comme des sabots qui martelaient le sol. Mais c'était trop léger pour être des chevaux. Ce qui n'était pas plus rassurant pour autant. Le danger ne s'annonce pas forcément avec tambours et trompettes, comme dans le cas de Hel ou de Nidhoggr. Il revêt parfois des apparences trompeuses.

Juste après, j'entendis un autre bruit. Beaucoup moins mystérieux, celui-ci. C'était les autres qui nous rejoignaient, April et moi. Ça me fit doucement rigoler. Alors quoi ? Vous n'avez pas confiance en moi mais vous ne pouvez pas vous empêcher de me suivre, hein ? Enfin passons.

– Aaaïïï !

Cette fois, ça venait de tout près. Je tournai la tête. Rien. Pourtant si. Une espèce de trace verte phosphorescente venait de déchirer la nuit.

Et juste après, encore un léger galop. Une croupe musclée m'apparut dans la clarté incertaine de la lune. Un cheval ? Non, trop petit pour être un cheval. Trop bas et trop étroit. Trop petit, quoi.

J'empoignai mon épée. Ami ou ennemi ?

Il avait détalé. A toute vitesse. Trop agile, trop rapide pour être un cheval. Un cerf, peut-être ? Pourtant quelque chose clochait. Malgré la quasi obscurité, une vision troublante s'était imprimée sur ma rétine.

– On ne peut pas faire dix mètres sans tomber sur un truc louche, ça devient lassant à la fin, marmonna Christopher.

Une forme vert fluo passa devant nous à une vitesse hallucinante. Aussitôt, je vis un gros animal surgir de derrière un arbre, environ trente mètres plus loin. Un deuxième apparut sur la droite, puis un troisième. Ils encerclèrent la créature verte – ou l'éclair, ou le halo, difficile de mettre un nom là-dessus –, qui poussa un cri perçant.

Trois contre un. Pas la peine de réfléchir pour savoir de quel côté j'étais.

Ils riaient. Ils riaient à gorge déployée, comme une bande d'étudiants un peu saouls. La chose verte fonça vers nous et stoppa si soudainement que n'importe qui, à sa place, serait tombé dans les pommes après une telle décélération. De toute évidence, elle appartenait bien au sexe féminin.

Elle s'arrêta, craintive, nerveuse, vibrante d'énergie, et se mit entre nous pour qu'on la protège, qu'on la cache, qu'on lui serve de bouclier.

Elle était verte. Pas légèrement verte, non : carrément verte. Je m'en rendais compte parce qu'elle était éclairée de l'intérieur, comme un lampion. Elle rayonnait. On l'aurait crue remplie de néon. Sa peau et son visage avaient l'éclat d'une jeune feuille de printemps. Ses cheveux étaient d'un vert plus foncé.

La même feuille un peu plus tard, à la fin de l'été. Au début, je n'arrivais pas à voir ses yeux parce qu'ils étaient sans cesse en mouvement. Mais quand ils se fixèrent un quart de seconde, je pus voir qu'ils étaient jaunes. Jaune tournesol.

Elle n'était pas nue... mais tout comme. Ce qu'elle portait était purement symbolique. Elle ne devait pas dépasser un mètre vingt de haut, mais elle avait les formes d'une jeune femme, pas d'une fillette.

Dans un martèlement de sabots et une âcre odeur de sueur, deux des trois créatures vinrent se poster devant nous.

– Qu'est-ce que... ?

Ils étaient légèrement plus petits que moi, c'est-à-dire pas très grands pour des adultes. Quand on regardait juste leur torse, musclé et légèrement bombé, on voyait bien que c'était des hommes. Des hommes plutôt mal bâtis, avec des bras trop frêles et des épaules trop étroites. Ils avaient plein de poils sur la poitrine, façon Sean Connery.

Leur tête avait quelque chose de spécial. De très spécial même. En gros, c'était un visage humain. Mêmes traits, mêmes caractéristiques. Mais leurs oreilles étaient pointues, allongées et velues. Leurs cheveux étaient implantés très bas sur le front, ne laissant que la largeur d'un doigt entre les sourcils et la naissance des cheveux. Leurs yeux n'avaient pas de blanc. Leur bouche était garnie d'une rangée de dents larges et plates, comme si un orthodontiste facétieux avait fait passer toutes les molaires sur le devant. Ils portaient tous les deux une barbe. Assez clairsemée sur les joues mais longue et bien fournie à la pointe du menton.

Mais le plus bizarre, c'est qu'à partir de la taille, ils avaient un corps d'animal. Cerf ? Cheval ? Non, pas vraiment. Plutôt une silhouette de chèvre. De grande chèvre. Au pelage mastic pour l'un, presque noir pour l'autre.

Des centaures ? Je cherchais le mot juste. Non. Les centaures sont moitié homme, moitié cheval. Et puis ils ont quatre pattes. Ceux-là n'en avaient que deux. Ils se tenaient debout.

– Jalil ? murmurai-je.

– Je suis scié, me répondit-il dans un souffle.

– Des satyres ! s'exclama April à voix basse. Comme dans Le Songe d'une nuit d'été.

– Qu'est-ce que c'est que ce délire ? lança Christopher en ouvrant des yeux ronds.

Les satyres étaient tout sourires. L'un d'eux souleva une outre et s'envoya une giclée de vin rouge au fond du gosier. Ils titubaient légèrement. Peut-être qu'ils avaient du mal à tenir en équilibre sur la pointe de leurs sabots. Mais à mon avis, c'était surtout parce qu'ils étaient dans un état d'ébriété avancée.

– Écartez-vous, mortels, et laissez-nous nous occuper de cette délicieuse proie, ha, ha ! s'écria soudain le troisième satyre en postillonnant.

Il s'était discrètement approché de nous par derrière.

– La nymphe est à nous, reprit-il. Alors ayez l'obligeance de vous retirer. Quoique... quand nous en aurons fini avec elle... ce qui arrivera forcément un jour, ha, ha, ha, ha !... on vous l'échangerait bien contre cette jolie petite rouquine que voici.

La créature couleur mastic jeta un regard égrillard à April, lui fit un clin d'œil et un geste obscène avec l'avant-bras.

– Du vin ! rugit soudain son compagnon au poil noir. Il renversa la tête en arrière et attendit, la bouche grande ouverte, que l'autre lui versât le breuvage au fond de la gorge.

Mastic rata son tir plusieurs fois de suite et aspergea copieusement la face de l'autre assoiffé.

– Maintenant, filez, mortels ! s'exclama le troisième qui était derrière moi. Allez ouste ! La nymphe nous appartient par droit de conquête et vous avez déjà deux beaux brins de filles de votre côté. Dépêchez-vous de partir avant qu'on s'occupe d'elles, ha, ha, ha ! Et on pourrait y passer toute la nuit, pas vrai, mes frères ?

– Ouais ! Toute la nuit ! Toute la nuit ! braillèrent les deux autres.

– On écrirait des poèmes, on jouerait des petites scènes, ha, ha, ha !, les joyeux ébats ! Venez avec moi, mes jolies, j'ai de quoi vous satisfaire. Quand y'en a pour une, y'en a pour trois !

Je me tournai face à lui. Il était un peu plus grand que les autres et d'un pelage beaucoup plus clair, presque blond.

– J'ai une meilleure idée, lui dis-je. C'est vous

qui allez partir. Et laissez cette... cette nymphe tranquille.

Le grand blond avec des sabots noirs plissa les yeux. Dans sa main gauche, il tenait une cruche. Il la porta à ses lèvres et but à longs traits. Après quoi il rota. Il commença à dire quelque chose mais fit un deuxième rot, encore plus sonore que le précédent. Enfin il déclara :

– Voilà des heures que nous poursuivons cette nymphe, la chasse nous a mis en appétit ! Ha, ha ! On ne se laissera pas faire, mortel. Attention à toi !

Il agita un doigt, tout en continuant à rire.

– D'ailleurs tu n'es pas mal non plus... Tu pourrais peut-être faire l'affaire, ha, ha, ha, ha !

Ce n'était qu'une blague idiote, je le savais bien. Des paroles d'ivrogne, une plaisanterie de carabin. J'aurais dû m'en moquer. Laisser tomber. Mais je n'ai pas pu m'empêcher de réagir.

La main crispée sur mon épée, j'attendis que les trois satyres s'arrêtent de rigoler, puis je leur annonçai calmement que j'allais leur transpercer le cœur.

Chapitre 4

Grand Blond sourcilla. Il s'offrit une autre rasade, puis s'approcha pour me reluquer.

– Tu n'es pas d'ici, hein ? C'est ça le problème. Tu ne sais pas que les satyres ont le droit de s'approprier toutes les nymphes qu'ils attrapent ?

Je lançai un coup d'œil à la nymphe. Mis à part sa couleur, elle était d'une beauté à couper le souffle. Ses yeux jaunes étaient à la fois terrifiés et terrifiants.

– Tu veux aller avec eux ? lui demandai-je.

– Quelle question ! Bien sûr que non, elle ne veut pas aller avec eux! s'indigna April. Tu crois que ça lui plaît de se faire violer par trois types au fond d'un bois ?

J'ouvris la bouche, mais je ne trouvai rien à dire pour ma défense. J'étais comme fou. Je perdais les pédales. Rien à voir avec la nymphe, mais avec des souvenirs antérieurs à ma rencontre avec Hel. Des souvenirs, des rêves, des souvenirs de rêves qui me remplissaient d'une rage incontrôlable, comme un poison coulant insidieusement dans mes veines. Il fallait que j'explose, que je me passe les nerfs sur quelqu'un. Il fallait juste que je trouve le point d'équilibre entre l'attaque et la retenue. Je guettais le moment. J'attendais un prétexte.

Mais je suppose qu'April avait ses raisons, elle aussi. Elle s'avança vers le satyre en chef, le grand blond.

– On vient juste d'échapper à Hel, la déesse nordique des Enfers. Ça vous dit quelque chose ? On a fait le tour de son parc d'attractions. Alors si vous croyez nous faire peur, bande d'abrutis de soûlots que vous êtes, allez-y, essayez un peu pour voir !

Les trois satyres se regardèrent en haussant les épaules, sans savoir quoi dire ni quoi faire.

– En plus, on ne vous l'a pas dit, mais cette nana est une sorcière, déclara Christopher en montrant Senna du doigt. Elle pourrait très bien vous faire le coup du whim-wham, pigé ?

– Le coup du whim-wham ? répéta le satyre noir qui ne comprenait rien du tout.

Christopher se contenta de hocher la tête.

– Exactement... Comment vous faire comprendre ? Disons qu'après un coup pareil, les nymphes ne vous intéresseront plus du tout. Fini les parties de jambes en l'air. Terminé. Vous vivrez comme des moines, si vous voyez ce que je veux dire.

Grand Blond fit le tour de Senna pour l'examiner de plus près tandis que les deux autres, visiblement impressionnés, braquaient sur elle leur regard embué par l'alcool.

– Le whim-wham... reprit Christopher d'une voix grave et solennelle. Je sais de quoi je parle : j'y ai eu droit. Depuis ce temps-là, je passe mon temps à courir les bois et dès que je vois une nymphe, devinez quoi ? Je m'endors comme une masse, mec !

Grand silence. Échange de regards. Regards noirs vers Senna, pleins de compassion pour Christopher.

– Cette nymphe est laide comme trente-six poux, déclara finalement Grand Blond. Pour rien au monde je ne voudrais partager ma couche avec elle. Venez, mes frères, allons-nous-en et laissons cette vilaine créature à des chasseurs moins raffinés que nous.

Les trois satyres reculèrent prudemment vers le sous-bois, puis ils se détournèrent et s'éclipsèrent en un clin d'oeil.

April éclata de rire.

– Bien joué, Christopher !

– Ces types-là sont prêts à avaler n'importe quel bobard, c'est même toi qui me l'as dit un jour, rappelle-toi, répondit-il en haussant les épaules.

Mais soudain April poussa un cri.

– David ! Attention !

Grand Blond revenait à la charge. Je fis volte-face, tirai mon épée en décrivant un large cercle et, dans le même mouvement, fauchai l'homme-bouc qui se ruait sur moi. Sans être aussi tranchante qu'une arme coo-hatch, la lame de Galaad était tout de même bien affilée. Elle pénétra facilement dans le flanc du satyre et, compte tenu de sa vitesse et de mon propre élan, le trancha de part en part, sans aucune résistance ou presque. Alors que le haut de son corps tombait par terre avec un bruit mou, le satyre continua à courir sur ses deux sabots.

Tout ça sans aucune goutte de sang ni aucun hurlement de douleur de sa part.

La nymphe poussa un cri. De plaisir ou d'effroi ? Impossible à savoir.

– Tu m'as coupé les jambes ! brailla Grand Blond d'une voix outragée.

– Et même un peu plus que ça, souligna l'un de ses compagnons. Maintenant que tu es coupé en deux, tu peux dire adieu à ta satyrité !

– Tais-toi donc et dépêche-toi de rattraper mes jambes ! rétorqua l'autre en agitant les bras rageusement.

Ma première réaction fut de penser qu'il s'agissait là d'un dernier sursaut avant de mourir. Mais ses deux compères le regardaient d'un air plus étonné qu'alarmé. Pendant ce temps-là, les jambes poursuivaient leur folle course. Demi-Grand Blond se cogna maladroitement contre un arbre, chuta et eut quelque peine à se remettre debout. Forcément, sans bras...

Quand il tomba, j'aperçus l'intérieur de son corps. Malgré la quasi-obscurité, je vis qu'il y avait quelque chose d'anormal. Pas de sang. Pas de boyaux éventrés. Une cavité – sans doute un estomac vu en coupe. Mais aucune tripaille s'apparentant à des organes humains.

Comme si le satyre n'était qu'une ébauche, un

croquis dont on n'aurait pas fignolé les détails. Un schéma simpliste illustrant les bienfaits d'un pansement gastrique.

Tout en me surveillant du coin de l'œil, les deux autres satyres s'élancèrent à la poursuite des jambes de Grand Blond.

– Quand je pense que je voulais juste m'amuser un peu ! maugréa sa partie supérieure. Maintenant que j'ai perdu ma meilleure moitié, ça va être dur, pour la rigolade !

Horrifiant. Mais au fond de moi je jubilais. « Ah ! Tu as voulu m'avoir, hein, mon cochon ? Eh bien, regarde-toi maintenant ! »

Tout en surveillant mon adversaire, je me mis à essuyer la lame de l'épée sur mon pantalon. Mais le satyre mutilé ne m'accorda pas un regard. Il s'en fichait. Je n'existais plus pour lui. Lentement, je rengainai mon arme.

CHAPITRE 5

– Allons-y !

Je dus secouer Jalil par les épaules pour le tirer de sa torpeur. Nous nous mîmes en route, nous retournant souvent pour observer les deux satyres qui s'acharnaient en vain à recoller le haut et le bas de leur chef. La dernière chose qu'on entendit, ce fut la voix de Grand Blond réclamant une bouteille à grands cris, puis ses vociférations pitoyables en constatant que le vin lui passait directement à travers le corps.

Tout en marchant, je contemplais la nymphe à la dérobée. Elle était fascinante. Je ne voulais pas avoir l'air de la dévisager, mais il faut dire qu'elle avait tout pour attirer les regards.

Christopher n'avait pas autant de scrupules. Il la fixait sans vergogne, avec un mélange de curiosité, d'incrédulité et l'œil ravi d'un fin connaisseur.

Mue par un bel élan de solidarité féminine, April s'approcha de la nymphe pour lui offrir son bras, mais celle-ci sembla ignorer son geste.

– Vous êtes libre de partir, mademoiselle, déclarai-je, tel un flic qui relâche un suspect.

– Mais les satyres pourraient revenir ! protesta Jalil.

Il faisait des efforts pathétiques pour ne pas croiser les yeux d'or de la jeune femme verte.

– Ouais, c'est sûr, il vaudrait mieux qu'elle reste encore un peu avec nous, lâcha Christopher avec un petit sourire en coin.

April soupira entre ses dents. Un soupir excédé, lourd de reproches pour les trois mâles que nous étions.

– Comment vous appelez-vous ? demanda-t-elle à la nymphe. On peut savoir votre nom ?

Pas de réponse.

– Demande-lui si elle a des sœurs. J'aimerais bien avoir un assortiment : une rouge, une bleue, une jaune... Je suis prêt à prendre tout le lot. Est-ce qu'ils les font en orange ?

– La ferme, Christopher ! lança April. Elle est perdue, affolée, toute seule, sans défense. Vous n'êtes pas capables de comprendre ça, bande d'abrutis ?

Elle se pencha de façon à se mettre à la hauteur de la nymphe.

– Vous voulez bien me dire votre nom ?

– Je m'appelle Idalia.

Elle avait une voix étrange. Ou plutôt, ce n'était pas sa voix qui était étrange, mais la façon dont elle l'utilisait. On aurait dit qu'elle faisait chanter les mots sans pour autant suivre une mélodie particulière. En tout cas, le résultat était charmant.

Je me rendis compte que je souriais. Et tous les autres aussi. Même Senna, dont les commissures des lèvres se retroussaient imperceptiblement.

– Vous êtes une nymphe, c'est ça ? demandai-je bêtement.

Elle posa ses magnifiques yeux d'or sur moi, mais April, tout à son rôle de protectrice et d'interprète, répondit à sa place.

– Que veux-tu qu'elle soit ? Bien sûr que c'est une nymphe, les satyres nous l'ont assez répété !

– Quelle est la définition d'une nymphe, exactement ? demanda Jalil.

Christopher éclata de rire.

– Eh ben, je dirai : verte, environ un mètre vingt de haut et roulée comme...

– Ça suffit comme ça ! coupa April.

– Holà ! Du calme, ma vieille, riposta Christopher. Je ne vais pas me jeter sur elle, t'inquiète pas. Elle a l'air d'avoir vingt ans, mais elle n'est pas plus haute qu'une gamine. Pour qui tu me prends, bon sang ! On ne peut plus plaisanter ? Et puis elle est beaucoup plus vieille que nous !...

La nymphe se mit à rire. Un rire cristallin, aquatique. C'est ça : on aurait dit le murmure d'un ruisseau sur un fond de galets ronds. Ce n'est pas une métaphore. C'est vraiment l'image qui m'était venue à l'esprit en l'entendant.

– Noble sire, ami mortel, je suis aussi vieille que

le monde. Je suis là depuis qu'Everworld existe. J'ai servi la déesse Iris et mon plus grand souhait serait de la servir encore. Mais ceci est une autre histoire...

Christopher hocha la tête.

– O.K. Vous voyez bien ? Elle a plus de mille ans ! Ça prouve qu'elle est assez grande pour boire de la bière et comprendre une blague, non ?

– Eh bien... Enchanté de vous avoir rencontrée, Idalia... euh, madame, balbutiai-je, ne voulant pas me montrer trop familier.

– Vous rencontrer m'a plu également, me répondit-elle sans ciller.

– Tout ira bien maintenant ? Je veux dire... est-ce qu'on peut vous laisser seule ? Vous ne croyez pas que les satyres risquent de revenir vous embêter ?

– Ils sont sûrement loin maintenant. A mon avis, ils m'ont déjà oubliée pour se lancer à la poursuite d'autres ombres.

– Tant mieux. Bon... eh bien... nous aurons peut-être l'occasion de vous revoir un jour ou l'autre. Pour l'instant, nous avons euh... une mission à remplir.

– Une quête ?

– Exactement. Une quête. Nous devons trouver le royaume de Féerie.

– J'aurais préféré San Francisco, personnellement, glissa malicieusement Christopher.

– Tu deviens lourd, tu sais, lui balança sèchement April.

Idalia inclina gracieusement la tête et m'observa attentivement. On l'aurait crue sculptée dans un bloc de cristal. Un cristal vert et translucide, mais à travers lequel on ne voyait rien, bien sûr. Peut-être les nymphes étaient-elles creuses à l'intérieur, comme les satyres ?

– Savez-vous comment vous rendre en Féerie ? me demanda-t-elle.

Jalil répondit pour nous tous.

– Non, justement. Et nous vous serions infiniment reconnaissants si vous acceptiez de nous aider.

– Sinon, on n'aura qu'à demander à la prochaine station-service.

ça, bien entendu, c'était une remarque de Christopher.

La nymphe battit des mains.

– Je vais vous montrer le chemin.

– Vous n'êtes pas obligée, vous savez, reprit doucement Jalil.

La nymphe me fit un sourire. Un sourire de mille ans. Un sourire éternel. J'avais devant moi une femme qui vivait depuis l'origine du monde. Son sourire s'effaça peu à peu. Elle lança un regard à Senna et détourna immédiatement les yeux, comme pour échapper à une vision déplaisante. Puis elle fila comme une flèche et se campa devant Jalil. Elle lui fit son plus gracieux sourire auquel il répondit timidement. Il se reprit instantanément. Croisa de nouveau son regard et se remit à sourire béatement.

Jalil est très grand. Idalia toute petite. Elle m'arrive à peine à l'épaule. En comparaison de Jalil, elle lui arrivait à la taille. Il se pencha pour se mettre à sa hauteur. Les genoux pliés, les fesses en arrière, il n'avait sûrement pas conscience du ridicule de sa position.

– Je peux vous conduire au royaume des Fées, lui dit-elle, les yeux dans les yeux.

– Formidable ! approuva Jalil.

Puis il se tourna vers moi en fronçant les sourcils.

– C'est vrai, quoi ! On a besoin d'un guide, vous êtes d'accord ?

– Hum, hum... fit April, plutôt sceptique.

Idalia se rapprocha de Jalil et posa sa minuscule main sur son torse.

– Vous m'avez sauvée, lui dit-elle. En remerciement de votre bravoure, je serai...

Elle s'interrompit net. Son sourire espiègle et charmeur avait disparu.

– Où est votre cœur ?

Jalil parut décontenancé par la question. Puis il réalisa subitement ce qu'elle voulait dire et répondit brusquement :

– C'est Nidhoggr qui me l'a pris.

Idalia hocha la tête, à peine plus étonnée que si Jalil lui avait annoncé que sa voiture était en réparation au garage du coin. Puis elle se remit à sourire et le regarda comme une groupie devant son chanteur préféré.

– Quand vous aurez retrouvé votre cœur, Idalia pourra-t-elle vous l'emprunter, ne serait-ce que pour une nuit ?

Christopher partit d'un grand rire.

– Regarde-moi cette pauvre petite créature sans défense, April ! A mon avis, si tu tiens absolument à protéger quelqu'un, tu ferais mieux de t'occuper de ce pauvre Jalil !

CHAPITRE 6

– Aaaaallons ! Aaaallons en Féééeerie ! Lalala, lalala, lalala ! chantonnait Christopher sur l'air de Titanic.

– Tu ne peux pas changer de disque, non ? lui lança Jalil.

– Désolé, j'ai pas grand-chose d'autre en rayon. A part une chanson des Muppets. «Dur, dur, d'être une grenouille verte. » Je crois que c'est Kermit qui chantait ça. Ça plairait peut-être à Idalia ?

Jalil laissa tomber.

Le ciel s'éclaircissait au fur et à mesure que nous avancions. C'était une marche facile et agréable. Il n'y avait pas de sentier à proprement parler, mais ce n'était pas la peine. On était loin des sous-bois inextricables que nous avions connus. Ici, les arbres étaient suffisamment espacés pour qu'on puisse passer sans problème ; il y avait peu de buissons, pas d'épines, pas d'obstacle, excepté quelques ruisseaux limpides qu'on franchissait d'un seul bond. Et, chose géniale, on avait enfin de l'eau potable.

Maintenant qu'on pouvait boire à volonté, ça allait nettement mieux. Nous étions toujours tenaillés par la faim, mais plus au point de se sentir mal. Et puis c'était assez réconfortant de penser qu'on s'éloignait de plus en plus de Hel, de Midgard – également connu sous le doux nom de Jormungand – et de Nidhoggr.

Nous n'avions que six jours devant nous. Six jours avant de mourir si notre mission échouait. Mais cette perspective, si atroce qu'elle fût, nous paraissait lointaine, presque abstraite, depuis qu'on suivait Idalia à travers bois. Dans ce décor champêtre et paisible, aucune menace ne semblait pouvoir nous atteindre. Surtout à la lueur des premiers rayons du soleil.

En revanche, ce n'était pas une mince affaire de suivre notre guide. La nymphe était apparemment incapable de se déplacer lentement. Pour elle, nous avancions à une lenteur d'escargot. Elle passait son temps à faire des va-et-vient. Elle filait en avant comme une minuscule comète verte, disparaissait pendant une heure, puis réapparaissait devant nous en un éclair, faisait une brève pause, histoire de s'assurer qu'on était sur le bon chemin et de faire un brin de charme à Jalil. Et hop ! Elle repartait à toute allure. Un vrai courant d'air lumineux.

– Plutôt rapide, la fille, dit Christopher en lançant un coup d'œil amusé à Jalil. On dirait qu'elle a flashé sur toi, mec. A mon avis, tu as toutes tes chances. Avec elle, ça va être le grand pied en moins de deux secondes et demie !

Je m'efforçai de ne pas sourire mais j'entendis April étouffer un rire.

– La ferme, Christopher, marmonna Jalil.

Mais maintenant qu'il le tenait, Christopher n'allait pas le lâcher si vite.

– La seule chose qui me tracasse, tu vois, c'est vos futurs enfants. C'est dur de grandir entre deux cultures. Ne pas savoir si on est noir ou blanc. Blanc ou vert...

– Dommage qu'elle ne s'intéresse pas à toi, riposta Jalil. Si vos enfants héritaient de son petit corps et de ta petite cervelle, ils seraient parfaitement équilibrés !

– Ooooh ! Mais c'est qu'il se défend, l'animal ! Mais je ne suis pas du genre à me vexer pour si peu, mec. Je sais que tu te fais du souci, c'est normal. J'imagine l'angoisse au moment d'annoncer la grande nouvelle à tes parents : «Papa, maman, j'aimerais vous présenter ma petite amie... Comment ça ? Elle ne vous plaît pas ? Eh oui, m'man, elle est verte ! Eh oui, p'pa, elle est haute comme trois pommes ! Faut toujours que vous trouviez quelque chose à critiquer, hein ? »

– David, tu veux bien passer ton épée une minute ?

– Une fois marié, tu seras pris dans un tourbillon de bonheur, poursuivit l'intarissable Christopher sans s'occuper de l'intervention de Jalil. Et quand je dis tourbillon, je pèse mes mots. Avec elle, plus de problème de ménage. Elle te nettoiera la maison de haut en bas en cinq secondes. Une vraie petite tornade verte !

– Quel macho ! siffla April. Qu'est-ce qui te fait croire qu'Idalia resterait toute la journée chez elle ? Elle pourrait très bien avoir un boulot ou des occupations à l'extérieur.

– Exact, admit Christopher. Je la vois bien en train de taper à la machine. Une dactylo capable d'écrire cinq ou six cents mots par minute, c'est la perle rare ! Ou alors vendeuse. Vendeuse au rayon « femme fluette », ça lui irait comme un gant.

– Cette fois, David, j'ai vraiment besoin de ton épée, reprit Jalil.

– Tu veux que je te dise ? lui répondis-je pour changer de sujet. Blague à part, je suis bien content d'avoir affaire à des gens plus petits que nous. Ça nous changera des Loki, Huitzilopochtli, Fenrir, Nidhoggr et compagnie. Les nymphes, les fées et les lutins nous donneront sûrement moins de fil à retordre que ces grands braillards !

– A ta place, je n'en serais pas si sûr, objecta Senna.

Une fois encore, je fus étonné d'entendre sa voix. Je m'étais tellement habitué à son silence qu'elle m'était presque sortie de la tête.

– Tu pourrais nous expliquer ce que tu veux dire ? lui demanda Jalil d'un ton calme et mesuré.

– Si tu sais quelque chose sur les fées, tu ferais bien de nous en faire profiter, ajoutai-je.

Senna fit encore quelques pas sans ouvrir la bouche, puis elle se décida :

– Everworld est un monde dangereux, David, tu es bien placé pour le savoir. Comment font les fées, les lutins, les farfadets et tout le petit peuple pour survivre dans un univers grouillant de monstres et de dieux gigantesques ?

Je faillis me casser la figure en butant sur une racine. Au passage, je remarquai que Christopher, April et Jalil avaient repris leur sérieux.

– Comment les faibles arrivent-ils à résister aux plus forts, David ? insista Senna.

– Ben... j'en sais rien. En restant groupés, par exemple. L'union fait la force, non ?

Senna ne leva pas les yeux au ciel. Elle se contenta de tordre légèrement la bouche. Petit rictus cynique pour souligner la bêtise de ma réponse.

– A ton avis, il faudrait combien d'Idalias pour vaincre une seule Hel ? Combien de lutins pour effrayer Nidhoggr?

– Sûrement un paquet, reconnus-je. Beaucoup trop. Ça m'étonnerait qu'ils soient assez nombreux.

J'attendis la suite. Les autres aussi. Mais Senna ne daigna rien dire de plus. Nous continuâmes à marcher et Idalia continua à folâtrer à droite, à gauche. Et pendant que nous avancions à travers ces bois baignés de lumière, pendant que nous traversions des clairières parsemées de fleurs, je n'arrêtais pas de me creuser la tête sur cette énigme.

En admettant que Nidhoggr puisse voler, qu'est-ce qui l'empêchait de se lancer à la poursuite des lutins ? Peut-être la peur, tout simplement.

Mais de qui ou de quoi pouvait-il avoir peur ? Qu'est-ce qui était capable d'effrayer un dragon gros comme quatre autobus ?

Je fus brusquement tiré de mes pensées par un bruit de sabots. Je tirai mon épée machinalement et pivotai sur moi-même.

C'était juste la moitié inférieure de Grand Blond qui passait par là.

Chapitre 7

Nous fîmes halte dans une prairie pleine de fleurs sauvages. Le soleil brillait. J'eus l'impression de n'avoir jamais rien vu d'aussi beau. Mais c'était peut-être parce qu'il me permettait de repousser la vision obsédante de Hel que ce paysage était si doux à mes yeux. En tout cas, c'était un bel endroit. On s'y sentait en sécurité. Difficile d'imaginer le mal dans ce havre de paix où se balançaient paresseusement lavandes, coquelicots, boutons d'or et autres fleurs des champs.

– Il faudrait qu'on dorme un peu, dis-je.

– Tout à fait d'accord avec toi, enchaîna Jalil.

Le satyre sans tronc repassa près de nous au petit trot, se cogna contre un arbre, dégringola, se redressa et s'éloigna en zigzaguant.

– L'endroit a l'air sûr, dit Jalil.

– Apparemment oui, lui répondis-je. Mais il vaut mieux monter la garde. Je prendrai le premier tour.

Un peu plus loin, près d'un petit ruisseau, il y avait un bosquet d'arbres. Des pêchers croulants de fruits.

Nous cueillîmes toutes les pêches qui étaient à portée de main. Elles étaient roses, juteuses, sucrées. Sublimes.

Nous nous laissâmes tomber dans l'herbe tendre.

– Quel endroit de rêve ! soupira April. Une vraie carte postale. Et pour couronner le tout : des pêches bio !

– On a bien mérité une petite sieste, déclara Christopher en bâillant. J'aurais préféré... un bon lit... des draps propres... et...

Il s'endormit avant de finir sa phrase, la bouche ouverte, un morceau de pêche au coin des lèvres. Je sentis le sommeil me gagner. Depuis combien de temps n'avais-je pas dormi ? Plusieurs jours ? Comment savoir si nous étions restés longtemps ou pas sous terre ? Je n'avais plus aucune notion du temps, mais je m'en fichais. La seule chose que je savais, c'est que je tombais de fatigue.

Les autres s'étaient endormis l'un après l'autre. J'entendais leur respiration lente et régulière. De temps en temps, il y en avait un qui ronflait. Senna était tranquillement allongée sur le côté, les yeux fermés. J'étais content de la voir dormir. Content et soulagé. Après tout, ça prouvait qu'elle était humaine.

Un rayon de soleil vint caresser sa joue. Elle fronça les sourcils et se tourna de l'autre côté, ne m'offrant plus que sa nuque.

J'aurais voulu lui parler. Lui poser des tas de questions. Entendre ses réponses. Ou juste écouter ce que j'avais envie d'entendre.

Il y a longtemps, bien avant que tout cela commence, je croyais être amoureux de Senna Wales. A cette époque-là – après tout, ça ne remontait peut-être pas si loin que ça ? – , on allait se balader en voiture, on se parlait, on rigolait, on s'embrassait. J'étais comme dévoré par le feu qu'elle avait allumé en moi.

Au collège, je trouvais Senna très différente des autres filles que j'avais connues. Difficile de dire en quoi, mais différente, un point c'est tout. Je la voulais. J'avais envie d'elle. Ce n'était pas le genre de fille à se laisser impressionner facilement. Surtout par moi. C'est peut-être ça qui me plaisait chez elle. Ou bien le fait d'imaginer que dès qu'elle entrerait dans ma vie, le monde serait complètement différent ? Après tout, pourquoi pas ?

A présent, tous mes sentiments pour elle étaient suspects. Senna n'était plus une fille. C'était un objet convoité par une foule de gens, et l'amour n'avait plus rien à voir là-dedans. Senna était un danger. Un secret. Un pouvoir.

Un pouvoir qu'elle exerçait sur moi. Elle pouvait m'obliger à la désirer, à avoir besoin d'elle et me forcer à la croire. Acheter ma loyauté avec la monnaie de base, en cours à Everworld : la magie.

Et maintenant, comment étais-je censé m'y retrouver ? Comment savoir où était la réalité ? Comment distinguer le vrai du faux? Comment croire à mes propres vérités alors qu'elle pouvait m'embrouiller et plonger au plus profond de moi, rien qu'en me touchant du bout des doigts.

J'aurais peut-être dû lui poser toutes ces questions, là, maintenant. Mais elle me tournait le dos, et j'étais gêné par la présence des autres autour de nous : Jalil, April, Christopher. Sans oublier cette créature verte, tout droit sortie d'un conte de fées, qui pouvait se pointer d'un millième de seconde à l'autre.

En l'espace de quelques jours, il nous faudrait atteindre un pays dont nous ignorions tout, retrouver le trésor de Nidhoggr et faire demi-tour pour le lui rapporter. Avec un peu de chance, on réussirait à mener les lutins par le bout du nez, on ferait main basse sur le butin et tchao ! Mais il n'y avait rien de moins sûr...

On avait une épée. Un canif. Et une sorcière. Mais Senna était-elle une arme que je pourrais utiliser, le moment venu ? Encore une question sans réponse.

– Ils ont glissé dans un autre monde, murmura Idalia soudainement revenue. Elle avait l'air surprise, perplexe.

– Oui, ça nous arrive dès qu'on dort, lui répondis-je. On ne sait pas comment ni pourquoi, mais on se retrouve tout à coup dans la réalité. Enfin... dans notre monde à nous. Là-bas, il y a un autre moi-même. En train de faire des tas de trucs à ma place. Aller à l'école, bosser, sortir, traîner. Quand je m'endormirai, tout à l'heure, j'irai là-bas moi aussi.

Et Senna ? Où allait-elle lorsqu'elle dormait ?

La nymphe se mit à rire et Christopher, dans un sursaut à moitié inconscient, en profita pour recracher son petit bout de pêche. Tant mieux. Je n'avais pas du tout envie de lui mettre les doigts au fond de la gorge, au cas où il se serait étouffé.

– Vous appelez ça la réalité ? s'étonna Idalia. Notre monde à nous n'est-il donc pas réel, lui aussi ?

Je haussai les épaules. C'était troublant de parler avec une nymphe. Un peu comme si je m'étais retrouvé tout habillé sur une plage de nudistes, en train de discuter de football avec la première naïade venue. Je ne dirais pas qu'Idalia m'attirait, non... J'étais plutôt mal à l'aise.

– Je suppose qu'Everworld est aussi réel que notre propre monde. Mais en ce qui les concerne, ils savent tous qu'ils n'en font pas partie.

– Même mon Jalil ?

Je notai le «mon» au passage. Mais peu importe. En fait, Idalia agissait finement : comme elle ignorait si elle pouvait nous faire confiance, elle voulait s'assurer d'avoir au moins un allié dans son camp. Et c'était Jalil l'heureux élu. Après tout, si elle avait décidé de le séduire, très bien.

Dans un sens, ça m'arrangeait. Je ne serais plus le seul à avoir une relation douteuse aux yeux des autres.

Je jetai un coup d'œil à Senna, qui avait toujours le dos tourné. Pouvait-on dire que j'avais une «relation» avec elle ? Le mot me parut ridicule.

– Oui, repris-je au bout d'un bon moment. Je pense que Jalil se sent plus proche du monde réel... enfin de l'Ancien Monde, si vous préférez.

– Pas vous ?

– J'essaie de m'adapter, répondis-je avec une fausse désinvolture. Je passe d'une réalité à l'autre, je prends les choses comme elles se présentent.

Idalia repartit à rire:

– Pauvre mortel !

Et pffft ! Elle disparut si vite que les brins d'herbe ne s'agitèrent même pas dans son sillage.

Je poussai un soupir de soulagement. La nymphe était une inconnue et je n'avais pas besoin d'inconnu pour l'instant. J'avais déjà assez de problèmes avec ce que je connaissais.

Je mis ma main sur mon cœur. Aucune pulsation. Rien. Ensuite j'essayai de prendre mon pouls. On sentait bien un battement familier au niveau du poignet. Je me tâtai le cou. Là encore, le sang battait régulièrement dans les artères. Je remis ma main sur mon cœur. Rien. Silence radio.

Incroyable ! Invraisemblable ! Aucun homme, aucune femme ne pouvait vivre sans cœur. Et pourtant...

Et puis...

J'étais dans ma voiture. J'avais relevé la capote. Il pleuvait. Un vrai déluge. J'avais l'impression qu'un régiment de pompiers braquaient leur lance à incendie sur le pare-brise. Juste à côté de moi, à la place du mort, il y avait un sac en papier qui contenait une courroie d'aspirateur et deux paquets de sacs de rechange. La radio était branchée. Surtout sur parasites–FM.

– Non !

Je fis une brusque embardée, repris le contrôle de mon véhicule et évitai de justesse la voiture qui arrivait en face. Sheridan Road est à double sens. A chaque virage en épingle à cheveux, on est sûr de se retrouver nez à nez avec un type.

– Merde !

Je donnai un grand coup sur le volant. Je m'étais endormi. Je m'étais endormi sans prévenir, sans en réveiller un autre pour monter la garde à ma place. Et pendant ce temps-là, Jalil, April, Christopher et Senna – sans oublier mon autre moi – dormaient à poings fermés dans la prairie. Tous les cinq au pays des rêves, sans aucune surveillance.

Il pouvait nous arriver n'importe quoi. A Everworld, tout est possible !

S'endormir à son poste. A son poste de guet. En temps de guerre, j'aurais été bon pour le peloton d'exécution.

Soudain, mes deux « moi » ne firent plus qu'un. Une sensation troublante, mais je commençais à y être habitué. Jalil en avait fait l'expérience, lui aussi. Il appelait ça le « flash d'informations spéciales ».

C'était tout à fait ça. Un échange d'informations entre le moi de la réalité, c'est-à-dire le type qui était au volant de sa voiture pendant qu'il pleuvait des cordes, et le moi de l'autre monde.

Ça faisait longtemps qu'on n'avait pas fait de mise à jour, moi et moi. Certains souvenirs resurgirent. La double face de Hel. Un profil mangé par les vers, les asticots grouillant sous la chair en décomposition.

Vision qui m'emplissait d'une terreur abjecte. Et puis l'autre moitié de son visage, sublime de beauté, qui faisait naître en moi une passion incontrôlable, un besoin impérieux, un désir fou.

Des images d'hommes enterrés vivants, condamnés au supplice éternel. Des images de...

Il fallait que je m'arrête. Comme il est impossible de trouver une place sur Sheridan, j'engageai ma vieille Buick dans l'allée d'une maison chic. Contact coupé. J'empoignai le volant. Mes mains tremblaient. Tout mon corps tremblait.

Tout à coup, la nausée. J'ouvris la portière et me penchai au dehors, juste à temps pour ne pas me vomir sur les pieds. La pluie me tombait sur la tête, me dégoulinait dans le cou, m'inondait les épaules tout en diluant la bile et autres joyeusetés que j'avais recrachées.

Je finis par me redresser. Alors que je m'essorais les cheveux, je vis apparaître une femme sous un parapluie violet. La cinquantaine, petite, trapue. Visage dur. Yeux noirs. Cheveux gris tirés en arrière.

Sans doute une domestique de la grande maison qui se dressait au bout de l'allée. Sûrement, même. Les gens qui vivent en bordure du lac, dans des palaces à cinq millions de dollars, ne sont pas habillés comme ça. Ils n'ont pas cette tête-là.

– Je suis désolé, dis-je en guise d'introduction.

– Venez.

Elle avait un accent, mais je n'aurais pas su dire lequel. De sa main libre, elle m'indiqua la maison.

– Venez. A l'intérieur.

Je secouai la tête.

– Je vais bien, merci. Sans doute un truc que je n'ai pas digéré.

Elle me fixa sans ciller.

– Vous délivrer message.

– Non, non ! Vous vous trompez de personne, m'dame. Je ne livre rien du tout. J'étais au volant quand j'ai commencé à me sentir mal – et vous savez ce que c'est sur Sheridan : impossible de se garer sur le bas-côté – alors je suis entré ici, le temps que ça passe.

Elle fit quelques pas vers moi. La pluie ruisselait le long du toit et commençait à imbiber mon vieux tapis de sol, qui n'avait vraiment pas besoin d'un supplément d'humidité. J'aurais bien voulu fermer la portière mais cette femme m'en empêchait.

Tout à coup, elle posa sa main sur la mienne. Sa main était chaude et sèche. La mienne froide et trempée.

Elle maintint le contact. Que faire ? Je venais de vomir dans une allée privée, j'étais mal placé pour lui dire de dégager.

Elle ferma les yeux. Les rouvrit. Les écarquilla au maximum. Je vis alors défiler plusieurs expressions dans son regard. Surprise. Peur. Inquiétude. A moins que ce ne fût de la pitié.

– Ceux des ténèbres ne sont pas loin, me dit-elle.

Un frisson me parcourut l'échine. Ceux des ténèbres ! C'était insensé. Une pure coïncidence.

J'étais sans doute tombé sur une vieille Mexicaine ou une vieille Polonaise superstitieuse. Dans la région, les gens friqués n'engagent que des bonnes mexicaines ou polonaises.

Coïncidence, voilà tout

C'est alors qu'elle me demanda si la porte était ouverte.

Je me figeai comme une statue de sel.

– La quoi ?

– Il faut fermer, reprit-elle. Fermer la porte.

Sur ce, elle se retourna et repartit vers la maison en pataugeant dans les flaques. La pluie redoubla. La femme disparut.

Je fis marche arrière. En franchissant le portail, je fus pris d'un rire nerveux. La porte. Le portail. Évidemment ! Le portail de la propriété était resté ouvert et elle voulait que je le referme en sortant. Rien à voir avec Senna.

– Ça te prend trop la tête, vieux. Tu commences à dérailler sérieusement.

Chapitre 8

J'étais en train de dormir là-bas, à Everworld. J'étais en plein sommeil et je ne pouvais rien faire pour me réveiller – ou plus exactement pour réveiller mon autre moi. Il ne me restait plus qu'à passer le temps. Faire comme d'habitude, accomplir les gestes quotidiens comme si de rien n'était, en essayant d'ignorer les souvenirs qui me farcissaient la tête. Souvenirs d'une vie que le David du monde réel n'avait pas vraiment vécue.

Il ne me restait plus qu'à attendre la prochaine mise à jour, le prochain flash d'informations, pour savoir ce qui était arrivé à l'autre type – autrement dit l'autre moi – entre le moment où il s'était éveillé et celui où il s'était rendormi après avoir passé une journée de plus.

A condition qu'il se réveille. Qu'il soit encore en vie...

J'avais laissé tomber tout le monde. Failli à mon devoir. Je m'étais endormi à mon poste et maintenant, peut-être qu'ils allaient tous mourir à cause de moi. Peut-être même étaient-ils déjà tous morts. Comment savoir ? Si ça trouve, je ne le saurai jamais. Que se passerait-il pour moi si l'autre David mourait ? Que lui arriverait-il si je mourais ? Si tout à coup je percutais un poids lourd de plein fouet, est-ce que le David d'Everworld succomberait ou bien continuerait-il à vivre et à faire de beaux rêves dans son sommeil ?

Je finis par arriver à la maison. Le temps de m'engouffrer dans l'entrée, j'étais de nouveau trempé. Je donnai le sac à ma mère. Elle me demanda de remplacer la courroie de l'aspirateur et je fis le plus vite possible pour me débarrasser de cette corvée. Il fallait que je sorte de là, que je m'en aille. Je ne savais pas où, mais je n'avais pas le choix. Je devais absolument retrouver les autres.

Je décidai de passer un coup de fil à April. Elle n'était pas chez elle. Même tentative chez Jalil, même résultat. Étonnant pour un samedi après-midi, hein ? La mère de Christopher m'apprit qu'il était là, mais qu'il était privé de sortie. La nuit d'avant, il était rentré à une heure impossible. Elle me demanda si j'avais quelque chose à voir là-dedans, auquel cas je serais prié de rappeler à Christopher, la prochaine fois, qu'il devait être de retour pour le couvre-feu de minuit. Pas à minuit dix, ni à minuit et demi, et encore moins à une heure et quart comme hier soir – heure à laquelle son père avait déjà téléphoné à tous les hôpitaux des environs.

Je pris ma voix la plus sérieuse pour lui affirmer

que non, je n'étais pas allé m'encanailler avec son fils ce soir-là. Il devait être avec quelqu'un d'autre. Mais est-ce que je pouvais lui parler juste une minute ? On avait un devoir de chimie à rendre, mais je ne savais pas pour quand.

– Bien joué, me répondit-elle.

Et elle me raccrocha au nez.

Je repris la voiture pour aller à Boston Market. La voiture de Jalil était garée sur le parking du centre commercial. Je finis par le trouver derrière le comptoir de la cafétéria. Il n'y avait pas un chat.

– Pas de la première fraîcheur, ta salade de pommes de terre, lui fis-je remarquer après avoir inspecté la vitrine.

– Alors essaie la purée, me suggéra-t-il sèchement.

Jalil n'est pas du genre à garder un sourire scotché, surtout lorsqu'on lui colle une petite casquette blanche et un tablier avec son nom épinglé sur la poche.

– Qu'est-ce que tu fais là ? me demanda-t-il. Tu viens pour l'inspection sanitaire ?

Je me penchai brusquement par-dessus le comptoir et il se recula instinctivement.

– Je me suis endormi, mec !

– Hum, hum !

– Je me suis endormi avant de réveiller quelqu'un d'autre pour prendre la relève, tu saisis ? Ça veut dire qu'on est tous en train de roupiller dans l'herbe sans personne pour faire le guet.

– Qu'est-ce que tu veux que j'y fasse ?

– Rien, mec, je veux juste vérifier un truc. Tu t'es peut-être réveillé pour prendre ton tour ? Ou alors c'est Christopher qui s'est réveillé, puis tu as pris le relais après ?

– Ça m'étonnerait.

La responsable du magasin, une petite bonne femme rondouillarde, genre stressée, vint fureter autour de nous.

– Jalil ! Il faudrait voir à remplacer ces barquettes de pommes de terre.

– Je t'avais bien dit qu'elle n'avait pas l'air fraîche, ta salade, lui glissai-je.

– Je m'en occupe tout de suite, m'dame ! lança Jalil à sa chef.

Puis il ajouta à voix basse :

– Écoute, David, oublions cette conversation, d'accord ? Dis-toi bien qu'on ne peut rien y faire. Ni toi ni moi ne pouvons intervenir là-bas. En attendant, je te conseille de ne rien dire à April et à Christopher. S'ils apprennent que tu t'es endormi, ce n'est pas ça qui va remonter ta cote.

– De quoi tu parles, là ? Où tu veux en venir ?

– Fais pas l'imbécile, David, tu as très bien compris.

– Et toi alors ? Ne me dis pas que tu n'aimes pas te faire tripoter par la nymphette, la... Idalia ?

– N'oublie pas les pommes de terre, Jalil ! cria la chef d'une voix excédée.

– Laisse tomber, mec, poursuivit-il en faisant mine de s'activer. Ça n'a rien à voir. Elle est mignonne à regarder, mais c'est tout. Elle tient juste à payer sa dette envers nous. Ensuite, elle retournera à ses petites affaires. Jusqu'à maintenant, elle pensait peut-être qu'on allait lui faire sa fête, comme les satyres. Alors elle s'est servie de moi pour pouvoir vous contrôler, Christopher et toi.

Alors là, chapeau ! On ne pouvait pas dire que Jalil faisait du sentiment. La froideur de son analyse forçait l'admiration.

– Je sais que Senna se sert de moi, dis-je. Quelle différence ? Je sais comment m'y prendre avec elle.

Jalil secoua la tête.

– Impossible, mec. Senna ne se laisse avoir par personne. Tu peux croire ce que tu veux, je sais ce que je dis. Pour elle, il n'y a que le pouvoir qui compte, David. Elle nous a vendus à Hel parce que ça servait ses plans. Pour l'instant, ça l'arrange de rester avec nous, mais ça risque de ne pas durer. Et ce jour-là, on verra bien qui avait raison.

– Occupe-toi de tes patates !

– T'énerve pas, mec, j'essaie juste de t'aider. Je comprends très bien que tu aies pu flancher. Tu étais tellement crevé que tu n'as pas tenu le coup. Personnellement, je comprends parfaitement ça. Mais Christopher ? Pas sûr qu'il voie les choses du même œil. Il pourrait très bien aller s'imaginer que c'est Senna qui a monté le coup. Si les choses tournent mal, et il y a des chances pour que ça arrive, il faudra bien que tu choisisses ton camp.

– Pas la peine de prendre tes grands airs, Jalil, je

ferai le bon choix, t'en fais pas. D'ailleurs vous êtes les premiers à me demander ce qu'il faut faire dès qu'il y a du danger.

Jalil hocha la tête.

– Ouais, c'est vrai. Mais tu sais quoi ? On n'obéit pas au culte de David. On n'est pas du genre à se jeter dans les flammes pour faire plaisir au Grand Maître. Le suicide collectif, c'est pas trop notre style.

Il s'interrompit, le temps de m'adresser un sourire cynique.

– Tu étais notre héros, David... jusqu'au jour où tu as perdu les pédales.

Je décidai de le planter là. Une fois remonté dans ma voiture, je démarrai sur les chapeaux de roues, comme n'importe quel crétin de chauffard.

Je m'étais laissé avoir par Senna, c'est vrai. Je m'étais endormi, c'est vrai. Et puis il avait eu cette première rencontre avec Loki. Un épisode qui était imprimé au fer rouge dans ma mémoire.

Je fichais tout en l'air. J'avais encore tout faux. Tic tac, tic tac, tic tac... jusqu'à ce que le rubis explose et me fasse éclater la poitrine. J'étais là-bas, en train de dormir. A cause de moi, les autres couraient un risque énorme. Qu'allait-il se passer ?

J'eus un instant de panique. L'air me manquait. Je tâtai ma poitrine. Boum boum boum.

Je jetai un coup d'œil à ma montre. A cette heure-ci, j'étais censé travailler. La vie continuait malgré tout, c'était ça le plus étrange. Je ne pouvais pas y échapper sous prétexte que, dans un autre univers, j'étais une autre personne. Il fallait que j'aille au boulot, que je fasse mon nombre d'heures, que j'encaisse des pourboires radins et que j'économise mon chèque de fin de mois pour payer une partie de mes études et les réparations de ma pauvre vieille Buick.

Arrivé devant le café, je me garai en quatrième vitesse et je filai vers l'entrée de service après m'être vaguement recoiffé. Deux de mes collègues terminaient leur pause sur le trottoir, une cigarette à la main.

– Comment va, mec ? me lança l'un d'eux.

– Ça craint, ripostai-je. C'est pas une vie. L'autre non plus, d'ailleurs.

– Mais qu'est-ce que tu racontes ?

Quatre heures à préparer des expressos et des capuccinos au milieu d'un nuage de vapeur. Quatre heures à essayer de dresser un mur entre moi et mes souvenirs, entre moi et ma peur, moi et la pression de l'urgence. Agir vite sinon ce serait raté. Je dormais et plus personne ne me faisait confiance. J'étais amoureux d'une fille qui avait bousillé ma vie. Encore une tasse de café. Faire mousser le lait et essayer de ne pas penser aux remarques amères et aux reproches mérités que je m'attirerais si jamais j'échouais.

Après le travail, je rentrai directement à la maison. Le David du monde réel en avait plein les bottes. Il avait veillé tard, la nuit d'avant, pour boucler ses devoirs tout en suivant le match d'un œil. Tout ça pour voir les Bears se faire battre à la fin de la deuxième mi-temps.

Je me glissai dans mon lit, entre des draps qui sentaient bon le propre. Waouh! Un lit, un oreiller, une couverture. Une bouteille d'eau sur la table de nuit.

Je m'endormis.

A présent je dormais dans deux univers.

Et m'éveillai dans un troisième.

Chapitre 9

La cabane. Oh, non ! Encore cette cabane... Une flopée de gamins qui dorment sur des couchettes rudimentaires et qui ronflent sous les fanions cousus main proclamant la supériorité de notre cabane sur toutes les autres du camp.

Ils ont scié du bois, fait du canoë. Ils se sont raconté des blagues cochonnes, ils ont chahuté jusqu'à ce qu'on les menace gentiment pour qu'ils aillent au lit. Et puis ils ont fini par s'endormir. Tous, sauf un.

La porte s'ouvre. L'air est frais, mais il apporte un relent de sueur, de pâté et de vieux gâteau au chocolat.

Le coupe-vent blanc. Celui de Donny. Le coupe-vent blanc, c'est la tenue des chefs, l'uniforme de l'autorité.

Et tous ces gamins qui dorment. Tous, sauf un qui ferme les yeux de toutes ses forces et qui fait semblant de dormir en espérant que ça n'arrivera pas, que le sommeil le protégera.

Le protégera contre quoi ? Il n'en sait rien. Ça n'a pas de nom. En tout cas, s'il existe un mot pour ça, il ne le connaît pas. C'est une expérience qui ne fait pas partie de son vocabulaire, une souffrance innommable.

Tu n'as qu'à crier, petit ! Ne te laisse pas faire, ne reste pas là, à faire semblant de dormir, tu es idiot ou quoi ? Ou alors c'est que tu es un lâche. Finalement, tu l'as peut-être mérité.

Je ne peux pas le sauver. Je lui dis silencieusement ce qu'il faut faire et je sais qu'il m'entend. Je sais qu'il m'entend, mais il ne fait rien. Pourquoi ne se défend-il pas ? Pourquoi ne résiste-t-il pas ?

Mon cœur bat à toute allure. Je devrais faire quelque chose. Me montrer courageux. Je devrais aller trouver quelqu'un, en parler à quelqu'un au lieu de rester là, à pleurer sans bruit, les yeux fermés, impuissant.

Pauvre gosse. Je ne fais rien. Pauvre petit.

Chapitre 10

Le soleil cognait. Je sentais ses rayons brûlants derrière mes paupières closes. Je me redressai, clignant des yeux, me protégeant le visage d'une main. Je regardai autour de moi. Mon cœur était silencieux. Aucune palpitation dans ma poitrine.

Le rêve s'était enfui. Le rêve de l'autre moi. Mais ses rêves, ses cauchemars étaient aussi les miens, tout comme étaient siens les dangers que j'affrontais. Notre mémoire commune nous faisait fusionner en une seule et même personne.

April dormait. Christopher aussi. Senna nous tournait toujours le dos. Impossible de savoir si elle était éveillée ou non. Jalil se tenait debout, quelques pas plus loin. Il était avec la nymphe. En plein soleil, elle paraissait plus opaque.

Je me levai pour me diriger tranquillement vers l'étrange couple qu'ils formaient. De près, je pus constater qu'Idalia avait la peau couverte de motifs végétaux ressemblant à de minuscules feuilles de chêne imbriquées les unes dans les autres. Drôle d'effet. On aurait dit qu'elle portait un justaucorps de danseuse imprimé vert feuillage.

– C'est à cause du soleil, m'expliqua Jalil. Idalia n'aime pas la lumière vive.

Je faillis lancer une vanne à propos de la photosynthèse, mais ce n'était pas le moment.

– Alors ? dis-je en m'adressant à Jalil.

– Eh bien, tu m'as secoué pour prendre la relève, mais une fois mon tour de garde fini, comme je n'avais pas les yeux en face des trous, je t'ai réveillé sans le faire exprès et c'est toi qui m'a remplacé. Du coup, nous avons monté la garde à tour de rôle. Rien que nous deux.

– C'est la version officielle des faits ?

– Exact.

Je n'avais rien à redire. Jalil mentait pour protéger ma réputation. Non, rectification : il mentait parce que je servais ses intérêts personnels et parce que je pouvais être utile. A lui comme à l'ensemble du groupe. Et pour l'heure, ça signifiait qu'il me tenait. Du moins en partie. Alors autant y aller franchement.

– Qu'est-ce que tu veux ? lui demandai-je.

Une brève lueur passa dans son regard. Puis il me gratifia d'un sourire énigmatique et se tapota le menton du bout des doigts.

– Un jour, tu seras peut-être amené à rendre service à ton «Parrain», lâcha-t-il enfin.

Je ne trouvais pas ça drôle. En tout cas, je n'étais pas dupe. Jalil avait beau tourner ça à la rigolade, je savais pertinemment qu'il pensait ce qu'il disait.

– Tu veux que je te montre un truc ? me proposa-t-il soudain. Là-bas, tu vois cette trouée au milieu des arbres ?

Je regardai dans la direction indiquée.

La ravissante prairie de carte postale où nous nous trouvions était cernée par les bois, mais elle continuait à s'étendre au-delà des arbres, ondulant légèrement, faisant ressortir, çà et là, le mauve d'un carré de lavande, le rouge éclatant d'un cercle de coquelicots ou le jaune des boutons d'or. Et tout au bout, on voyait se découper la silhouette d'un chariot tiré par deux bœufs. Un gros chariot en bois chargé de marchandises.

– Baisse-toi ! criai-je à Jalil en le tirant par le bras.

– T'affole pas, c'est une route, me répondit-il. Depuis ce matin, ça n'a pas arrêté. J'ai vu défiler des dizaines de chars à bœufs comme celui-là et des tas de charrettes à bras, sans compter les troupeaux de vaches, de cochons ou de moutons. Ça circule dans les deux sens, mais surtout de droite à gauche, d'après ce que j'ai pu constater.

Je me redressai. De toute façon, maintenant c'était trop tard pour passer inaperçu.

– C'est justement la direction qu'on doit suivre, non ? fis-je remarquer à Jalil.

– Idalia ? Quel est le nom de cette route, déjà ?

– Certains l'appellent la route de la Vallée, d'autres la route de Féerie, ou encore le chemin d'Oberon ou la Grande Voie romaine, ça dépend.

– Où mène-t-elle exactement ? Au royaume des Fées ou autre part ?

– Au pays de Féerie, me confirma Idalia.

– Alors pourquoi est-ce qu'on ne la suit pas ?

Idalia se mit à rire.

– Je ne peux pas marcher sur une route, voyons ! Ce n'est pas prudent pour les gens de mon espèce.

– Idalia est une nymphe des bois, m'expliqua Jalil. Nous en avons parlé ensemble. Comme toutes ses consœurs, elle ne peut pas quitter la forêt, sauf si elle est accompagnée d'Iris, la déesse grecque de je ne sais plus quoi.

– La déesse de l'arc-en-ciel, précisa Idalia.

– Ah oui, c'est vrai. C'est aussi une sorte de messagère.

– Et pourquoi n'est-elle pas avec Iris ?

– Parce qu'elle a été bannie.

– Pourquoi ça ?

– Tu ferais mieux de lui raconter, Idalia, dit Jalil.

Il tourna la tête et fit mine de s'absorber dans la contemplation du demi-satyre, qui continuait à tourner en rond dans un champ de luzerne.

– Oh... Pour avoir aimé un mortel, lâcha Idalia.

Je jetai un coup d'œil interrogateur à Jalil, mais il fit semblant de rien.

– Et c'est mal vu ?

Idalia se remit à rire.

– Moi je n'ai rien contre et les autres nymphes non plus. Il n'y a pas de mâles chez nous, vous comprenez ? Alors que nous reste-t-il à part les humains ? Les nains sont affreux – et de toute façon ils ne pensent qu'à travailler comme des brutes. Les elfes ? Ils sont séduisants, mais leurs femmes sont trop belles. Ils ne font pas attention à nous. Quant aux habitants de Féerie, ils n'aiment pas les nymphes.

Je hochai la tête d'un air entendu, comme si tout cela était d'une logique irréfutable.

– C'est parfaitement injuste ! s'indigna Idalia. Nous n'avons pas le droit d'aimer les mortels, mais il n'y a personne d'autre à aimer. Pourtant les dieux et les déesses n'en font qu'à leur guise. Prenez Zeus ou Aphrodite, par exemple. Ou encore cet affreux Héphaïstos. Ils ne se sont pas gênés pour prendre des amants humains. La preuve : il y a des demi-dieux partout maintenant ! Qu'est donc Héraclès sinon le fruit d'une union entre un dieu et une mortelle ?

Comme la question semblait se passer de réponse, Idalia poursuivit avec fougue :

– Pouvoir badiner avec un joli garçon, c'est bon pour les déesses, mais pas pour les nymphes. Nous autres, nous n'avons pas le droit de nous amuser !

– Si je comprends bien, c'est parce que vous êtes déjà tombée amoureuse d'un mortel qu'Iris vous a chassée ?

Idalia hocha sa gracieuse petite tête.

– Ce n'est pas juste.

– Hum, hum ... Je comprends.

– J'ai beau lui dire que je suis désolée, lui demander ce que je peux bien faire d'autre, c'est toujours la même chose : chaque fois qu'elle me surprend, elle me chasse et je dois rester au fond des bois jusqu'à ce que sa colère s'apaise.

– Parce que ça vous est déjà arrivé ? demanda Jalil. De vous faire punir par Iris, je veux dire ?

– Bien sûr ! Des centaines de fois ! s'esclaffa la nymphe. Je suis arrivée à lui cacher pas mal d'aventures – peu importe le nombre – mais elle réussit toujours à me pincer en flagrant délit.

– Mettons les choses au point pour que David comprenne bien, reprit Jalil. Vous vous êtes fait prendre des centaines de fois, mais en règle générale, vous vous débrouillez pour échapper aux foudres d'Iris, c'est bien cela ? Alors combien de mortels cela fait-il en tout ?

Idalia fit de nouveau tinter son rire en cascade.

– Impossible à dire, je ne les ai pas comptés ! Il y en a trop. Si je devais me souvenir de tous mes amoureux, j'aurais la tête farcie de chiffres !

– Ça laisse rêveur, hein, Jalil ? dis-je.

– Bah ! C'est normal, me répondit-il en riant. Avec elles, c'est comme ça que ça se passe. En rentrant du boulot, avant de me réveiller, j'ai regardé à « nymphe » dans une encyclopédie. Il y en a plusieurs sortes : dryades, hamadryades, naïades, néréides, oréades, océanides. Toutes de ravissantes jeunes femmes. Elles sont considérées comme des divinités mineures et vivent sous la houlette des gros bonnets de l'Olympe qui règnent sur les bois ou sur les océans. Elles n'ont qu'une seule occupation : charmer les malheureux mortels que nous sommes. « Tomber amoureuse », comme elles disent pudiquement. Ça et se faire pourchasser par les satyres, bien entendu.

– Sans blague !

Jalil secoua la tête d'un air dégoûté.

– Comme tu vois, les nymphes n'ont pas tellement évolué depuis leur création. Ce sont des créatures inventées, fabriquées par les dieux. Et à mon avis, les dieux ne se sont jamais souciés de savoir ce qu'elles étaient censées faire, à part être belles et batifoler toute la journée. Elles ne sont pas programmées pour s'adapter à l'écosystème. Elles font joli dans le paysage, c'est tout. Un peu comme des tableaux qu'on accroche au mur pour améliorer la décoration.

– B.A.E., dis-je en conclusion.

– Ce coin est bien désert, lâcha Jalil d'une voix désabusée. Si on allait chercher deux ou trois nymphettes de plus ? Vertes, bien entendu, de la même couleur que cette herbe tendre.

Il était contrarié, ça se voyait. Peut-être parce qu'il venait de réaliser qu'il était loin d'être le premier à qui Idalia témoignait de l'affection. Peut-être à cause de l'injustice qui condamnait ces êtres presque humains à vivre sans objectif, sans le moindre espoir d'atteindre un but quelconque. Connaissant Jalil, c'était sûrement à cause de cette deuxième raison.

– Écoute ça. Idalia : combien font deux et deux ?

La nymphe battit des paupières.

– J'ai deux arbres. J'en ajoute deux autres. Combien en y en a-t-il en tout ?

– Où sont tes arbres ? demanda ingénument Idalia.

– Elle doit avoir au maximum deux neurones ! lança Christopher.

Je ne sais pas depuis combien de temps il était là à nous écouter. Sûrement pas très longtemps, sinon il aurait ouvert sa grande bouche avant.

– Elle ferait fureur dans une agence de mannequins, reprit-il. Sexy en diable – enfin, à sa manière – mais pas capable d'additionner deux et deux. Elle est parfaite !

Il se leva pendant qu'April s'étirait dans son coin.

– Hé ! Il y a une route là-bas !

– Ouais. Elle mène droit au pays des Fées, lui expliquai-je. On irait nettement plus vite que par les bois et les champs, mais Idalia dit qu'elle ne peut pas prendre cette route. Je vous ai laissés dormir jusque là, mais on n'a plus de temps à perdre.

Voilà. J'avais énoncé les faits dans les grandes lignes, mais je préférais laisser à Jalil le soin de donner la conclusion.

– Nous sommes très pressés, Idalia, finit-il par dire. Nous n'avons que six, non, cinq jours pour accomplir notre mission. Par conséquent, nous allons prendre la route.

– Mais je ne peux pas voyager par la route !

– Oui, je sais, répondit-il avec lassitude.

Idalia lui adressa un sourire resplendissant de bêtise.

– Ce que je veux dire, c'est qu'il va falloir nous séparer. Nous allons prendre la route et vous retournerez dans les bois.

– Mais j'aime Jalil !

Senna soupira, se leva et s'approcha de nous.

– Retourne auprès d'Iris, ordonna-t-elle à la nymphe. Elle n'est plus en colère après toi. Va vite avant qu'elle ne s'impatiente !

Idalia poussa un cri et disparut dans un éclair vert.

– Avec tes explications, ça aurait pu durer une heure, reprit-elle en se tournant vers Jalil. Or on n'a pas une heure à perdre. Et, de toute façon, elle n'aurait jamais réussi à piger.

– C'est vraiment méchant de ta part, Senna, s'indigna April.

– Écoute, sœurette, comme tu roupillais, tu as raté une information capitale : Idalia n'est rien de plus qu'une automate. Elle passe son temps à séduire les hommes et à fuir les satyres, un point c'est tout. Chez elle, tout est programmé, y compris les émotions. Elle réagit machinalement, tu comprends ?

– Waouh ! Pourquoi est-ce que je ne tombe jamais sur des nanas comme ça ? s'écria Christopher.

– Attends... tu veux dire qu'elle est équipée d'une sorte de logiciel de l'amour ? s'étonna April. Elle s'en sert pour arriver à ses fins et rien de plus ?

– Senna a raison, intervint Jalil, soucieux d'éviter une énième confrontation entre les deux sœurs. C'est tout juste si nous existons pour Idalia. Ce qui compte, c'est ce qu'il y a là.

Il se tapota la poitrine à l'endroit du cœur. Mais tout le monde comprit qu'il voulait parler de la pierre rouge.

CHAPITRE 11

Nous nous dirigeâmes vers la route. Instinctivement, je défis la bride qui maintenait l'épée dans son fourreau. Je ne savais pas où nous mettions les pieds, mais le temps pressait.

– Si on nous le demande, on est des ménestrels, rappelai-je à mes compagnons de route.

Le coup des ménestrels, c'était une bonne couverture. Nous avions fait un tabac chez les Vikings et remporté un franc succès auprès des habitants d'un sinistre trou perdu en pleine forêt. Par contre, Hel n'avait pas apprécié notre numéro. Espérons que nous aurions plus de chance auprès des fées et des lutins.

Nous avancions tous avec nonchalance, l'air à la fois innocent et arrogant, histoire de montrer qu'on était cool, mais qu'il ne fallait pas nous marcher sur les pieds. Attitude paradoxale parfaitement adaptée à l'univers d'Everworld.

Dans un certain sens, je souhaitais la bagarre. Une bagarre que je gagnerai. Jalil m'avait couvert. Il n'avait pas bronché quand j'avais menti aux autres. Mais maintenant, j'avais l'impression d'être un imposteur.

– Voilà un troupeau de moutons, dépêchons-nous, dit Jalil.

– Pourquoi ? Tu as peur de te faire manger ? ironisa Christopher.

– Et toi ? Tu préfères marcher devant ou derrière eux ? riposta Jalil.

Nous accélérâmes le pas et rejoignîmes la route cinquante mètres avant l'arrivée des premiers animaux. Devant nous, à peu près à la même distance, avançait un grand char à bœufs qui transportait des espèces de racines – sans doute des betteraves ou un truc dans le genre.

La chaussée était en terre battue mêlée de coquillages pilés, comme les petites routes de campagne qu'on trouve dans le Sud. Le bas-côté était envahi par les herbes folles. De temps en temps, un bosquet d'arbres dispensait un peu d'ombre. Plus loin, un ruisseau étroit et encaissé suivait le tracé de la route. Il était bordé de roseaux et de plantes aquatiques.

Pendant un bon moment, nous restâmes coincés entre les moutons et les bœufs qui nous précédaient. Jalil avait eu raison de nous faire presser le pas pour éviter les crottes de moutons, mais il avait négligé un détail : étant donné que des dizaines de troupeaux empruntaient cette voie tous les jours, la chaussée était jonchée de cochonneries. Moralité : on était obligé de marcher les yeux baissés pour ne pas glisser sur une bouse ou shooter dans un tas de crottin. Personnellement, je n'avais pas envie de ruiner la seule paire de chaussures que j'avais.

Nous gagnions peu à peu du terrain sur la charrette de betteraves. Mais au moment de la dépasser, nous nous trouvâmes nez à nez avec une douzaine de nains qui arrivaient en sens inverse, chargés d'énormes sacs qui auraient fait crouler n'importe quel humain à leur place. Ils suaient à grosses gouttes et avançaient péniblement, mais sans se plaindre, d'après ce que je pus constater en les voyant passer.

C'était la deuxième fois que je voyais des nains. La première fois, c'était dans le harem de la cité de Hel. Des êtres taciturnes, à peine plus grands qu'Idalia, mais aussi larges que hauts. On les aurait dit taillés à coups de hache dans un fût de chêne. Malgré la chaleur, ils portaient une cotte de maille qui leur tombait jusqu'aux genoux. De plus, ils étaient tous armés. Soit d'une épée, d'une hache ou d'un gourdin clouté.

Les nains nous croisèrent sans faire attention à nous. Nous décidâmes de faire de même. Des types comme ça, mieux vaut les laisser tranquilles. A mon humble avis, celui qui leur cherche des ennuis peut s'attendre à passer un sale quart d'heure.

Nous continuâmes à marcher pendant deux heures, tout en essayant de garder le rythme. Les pêches nous avaient fait du bien, mais ce n'était pas suffisant. Nous étions au régime basses calories depuis plusieurs jours et, même s'il n'y avait plus de problème pour trouver de l'eau, la situation commençait à devenir critique côté nourriture. Pour un peu, j'aurais fait marche arrière pour aller quémander des betteraves. Je ne savais pas quel goût ça pouvait avoir, ni même si c'était mangeable, mais quand on crève de faim, on finit par avoir l'esprit très ouvert.

La campagne environnante était de plus en plus belle. Après les prairies en fleurs et les collines verdoyantes qui moutonnaient à perte de vue, le paysage devint plus sophistiqué. J'avais l'impression d'être, non pas dans la nature, mais dans un immense jardin entretenu à la perfection.

A présent, la route était bordée de part et d'autre par un muret de pierres derrière lequel s'étirait un rideau d'arbres régulièrement espacés, de sorte que puissent s'épanouir à leurs pieds de luxuriants massifs d'hortensias, de lis orangés ou de rosiers à gros pompons rouges, jaunes et blancs.

L'herbe était bien coupée. Verte, fraîche et drue comme sur un parcours de golf.

– On se croirait dans une résidence de luxe, dit Christopher. Exactement comme chez mon grand-père, en Floride. Sauf qu'il fait nettement moins humide et qu'il y a moins de bagnoles décapotables.

La seule chose qui faisait tache dans ce paysage tiré à quatre épingles, c'était les pattes de notre vieux copain le satyre qui continuait à courir dans tous les sens.

– Il commence à devenir collant, fit remarquer Christopher. Il nous suit ou quoi ?

– Peut-être qu'il nous aime bien, en définitive, suggéra Jalil. Ou alors, il se sent irrésistiblement attiré par nous.

– Mais comment fait-il pour nous suivre puisqu'il n'a pas d'yeux, ni de tête ni rien ? demanda April.

– Tu sais, sur l'échelle de la bizarrerie, je ne sais pas ce qui est le plus étonnant : qu'il nous suive ou qu'il soit encore capable de bouger malgré ce qui lui est arrivé, souligna Jalil.

– Ce que tu causes bien ! s'esclaffa Christopher. Quand je t'entends parler comme ça, je me sens irrésistiblement attiré par toi.

Un peu plus loin, la route contournait un énorme saule. Il était si gros, qu'à première vue, je crus qu'il s'agissait de plusieurs arbres au lieu d'un seul. Après le virage, j'aperçus un grand porche surmonté d'une treille en arceau sur laquelle se déployait un magnifique rosier. Cette ravissante arche était encadrée de chaque côté par un imposant mur de pierre qui se prolongeait, à droite comme à gauche, sur une trentaine de mètres. A chaque bout se dressait une tour de huit ou dix mètres de haut. D'autres rosiers couraient tout en haut de la muraille.

– C'est coquet, toutes ces fleurs, dit April. Ça correspond tout à fait à l'idée qu'on se fait du pays des Fées, hein ?

– Ces roses sont jolies, d'accord, mais tu oublies les épines, lui fis-je remarquer. Essaie un peu de passer par-dessus le mur : c'est pire que du fil de fer barbelé ! Et regarde de chaque côté : après les deux tours, on aperçoit encore des haies et des massifs. Je suis prêt à parier qu'ils sont pleins de piquants eux aussi. Étant donné que le terrain est en pente, si on voulait éviter de passer par la porte, on se trouverait coincés dans un véritable maquis d'épineux – tout en étant parfaitement repérables du haut des tours.

L'air faussement dégagé, nous nous approchâmes prudemment de l'entrée. Je me rappelai l'avertissement de Senna à propos du «petit peuple» de Féerie et son incroyable faculté à survivre dans un univers de géants. Et même si j'avais dû l'oublier, ce portail charmant-mais-néanmoins-inquiétant était là pour me rafraîchir la mémoire.

Un petit personnage gardait le poste frontière. Confortablement installé dans un fauteuil, il fumait la pipe. Une longue pipe en bois clair. Il portait un bonnet rouge vif, une tunique d'un vert éclatant et des espèces de pantoufles à bouts recourbés. Il n'était pas plus grand qu'un nain, mais son corps était mieux proportionné. Les jambes étaient peut-être un peu courtes, mais l'un dans l'autre, il aurait pu passer pour un gamin de sept ans. Un gamin avec une tête de brave petit vieux tout ridé.

En nous voyant, il souleva son bonnet en signe de bienvenue et grimaça un sourire sans lâcher son tuyau de pipe. Une lueur amusée passa dans son regard bleu.

– On se croirait vraiment dans un conte de fées ! s'extasia April. Mon arrière-grand-mère (Dieu ait son âme) était Irlandaise. Elle me racontait souvent des histoires de lutins. Eh bien c'était exactement ça ! Tout à fait l'image que j'avais dans la tête quand j'étais petite.

– Bien l'bonjour à vous, braves gens ! Belle journée, pas vrai ? déclara le lutin. Bien l'bonjour à vous aussi, gentes damoiselles. Sans mentir, votre beauté fait pâlir les plus beaux rosiers d'alentour !

– Bonjour, lui dis-je avec un grand sourire. Nous voulons aller en Féerie. C'est bien ici, non ?

Vu les circonstances, j'avais tendance à faire taire ma méfiance naturelle.

– Assurément, mon brave, c'est ici. Que peut-on faire pour vous aider, mon bon seigneur ?

– Eh bien voilà : nous sommes ménestrels et nous cherchons un endroit pour monter notre spectacle.

Le visage du lutin s'éclaira d'un large sourire.

– Des ménestrels, hein ? C'est quelque chose, ça ! Des ménestrels... Quand vous étiez sur la route, tout à l'heure, vous avez sûrement remarqué qu'elle était jonchée de fumier, hein ? Vous avez peut-être même mis le pied dans une bouse bien fumante, pas vrai ?

Je hochai la tête en souriant malgré moi. Il était trop mignon. Et pourtant, ce n'est pas un terme que j'emploie souvent.

– Vous voyez de quoi je parle, hein ? reprit joyeusement le lutin.

Tout à coup, son sourire s'effaça net.

– Alors laissez-moi vous dire ce que je pense de votre histoire de ménestrels : de la bouse de vache bien fumante, voilà ce que c'est.

Chapitre 12

Le petit homme se laissa aller dans son fauteuil et tira une longue bouffée.

– Il a bien dit « bouse de vache », c'est ça ? me glissa Christopher.

– Exact, répondit le lutin qui avait apparemment l'oreille fine. Mais j'aurais pu dire crottin de cheval ou crotte de bique, c'est du pareil au même. En tout cas, si vous êtes ménestrels, moi je suis ce bougre de Cuchulainn !

– Libre à vous de penser ce que vous voulez, lui rétorquai-je. Quoi qu'il en soit, nous aimerions passer.

– Tiens donc ! Vous aimeriez passer, hein ? J'en suis fort aise, mon brave. Mais que faites-vous de la taxe d'entrée ?

– La taxe d'entrée ?

Je m'attendais à tout sauf à ça. En tournant la tête, je vis que le char à bœufs n'allait pas tarder à nous rattraper. C'est peut-être idiot, mais je n'avais pas envie que cette cargaison de betteraves nous passe sous le nez.

– Eh oui ! Il faut payer pour entrer, reprit le lutin. A votre avis, comment entretient-on toutes ces belles choses que vous voyez ? Et mon salaire, qui me le paie ? Et ce bel uniforme rouge et vert dans lequel je vous accueille, vous croyez que c'est gratuit ? Vous vous imaginez que ça m'amuse de rester ici tout le jour durant à fumer cette maudite pipe ? Que je joue les nains de jardin pour amuser la galerie ? Mais qu'est-ce que c'est que ça, cornegidouille ?

Il se redressa et pointa le doigt sur le demi-satyre qui venait de se cogner contre le mur d'enceinte, juste à notre droite.

– Quelle est cette diablerie ? Ma parole ! On dirait que cette chose vous suit ! Et dire que ça n'a pas d'yeux, ni de tête pour y mettre les yeux, ni d'épaules pour soutenir la tête !

J'avais la bouche sèche. Notre plan ne se déroulait pas comme prévu. Fini le gentil conte de fées. Rideau.

– Ce sont des jambes de satyre, lui expliqua tranquillement April.

Le lutin eut un sursaut. Il la regarda fixement, puis braqua ses yeux bleus sur moi.

– Des jambes de satyre ? Qu'est-ce que vous faites avec ça ?

Je m'apprêtais à lui répondre, mais Christopher fut plus rapide que moi.

– Ça vous plaît ? On pourrait peut-être s'arranger ?

Une lueur de convoitise passa dans l'œil du lutin.

– J'ai déjà vu de plus belles jambes, lâcha-t-il, en habile négociateur.

– Sûrement pas ! riposta Christopher. Le demi-satyre que vous voyez là, c'est le top du top.

Le lutin se mordit la lèvre inférieure et se mit à marmonner dans sa barbe.

– Je ne saurais pas où le mettre. Pas assez de place. Peut-être dans la remise ? Mais il se cognerait partout et ça m'empêcherait de dormir. Il faudrait que je le revende le plus vite possible.

– Écoutez, on vous donne notre demi-satyre en échange du droit d'entrée, ça vous va ?

– Marché conclu, déclara le lutin.

Il avait encore l'air soucieux. Sans doute parce qu'il se demandait où il allait pouvoir caser cet étrange pensionnaire.

- L'avantage, c'est qu'il ne me coûtera pas cher à nourrir, décréta-t-il finalement.

– Alors on peut passer ? demanda Jalil.

– Vous allez jusqu'à la ville ou bien au marché ?

– A la ville, répondis-je machinalement. On peut y aller maintenant?

– Oh ! Vous pouvez, pour sûr ! Par contre, je ne sais pas comment vous vous débrouillerez pour payer votre entrée...

Il reprit subitement son rôle de maître d'accueil et nous dit avec amabilité :

– Passez beaux seigneurs et gentes damoiselles au gracieux minois ! Que les génies de Féerie bénissent vos pas !

Comme nous franchissions la porte, nous l'entendîmes crier d'une voix rude :

– Sergent ! Dites à un ou deux de vos gars d'attraper ce demi-satyre qui est à moi. Mais n'envoyez pas toute la troupe, hein ? Je ne tiens pas à payer de supplément !

Le poste de garde se trouvait juste après la porte. Deux lutins en sortirent en trombe. Ils n'étaient pas aussi rapides qu'Idalia mais presque. Ils étaient vêtus de tuniques de cuir et portaient sur la tête un casque d'acier finement ouvragé. Ils étaient assez comiques avec leurs petites épées, leurs petits arcs et leurs petites flèches. On aurait dit des soldats miniatures. Néanmoins, je savais qu'il ne fallait pas les sous-estimer. Ce n'étaient pas les épines de roses qui tenaient Nidhoggr à distance...

A l'intérieur du royaume de Féerie, les pelouses étaient encore mieux entretenues qu'à l'approche de la frontière, les massifs encore plus éblouissants et les buissons taillés à la perfection. Pas une seule feuille par terre. Pas un seul brin d'herbe jauni. Les arbres étaient en pleine santé, les bordures tirées au cordeau.

La route était pavée de briques jaunes disposées en chevrons.

– Tiens, des briques jaunes, lança Christopher.

– C'est bon, vas-y, pousse ta petite chanson, lui dis-je.

– Je ne vois pas du tout de quoi tu veux parler, me rétorqua-t-il.

– Tu parles !

– Je ne suis pas d'humeur à te réciter Le Magicien

d'Oz, c'est pas le moment, me dit-il d'un air offensé. Si tu crois que je vais me mettre à chanter avec une voix de Grignotin, tu te goures complètement.

– De ta part, ça n'aurait pas été étonnant, pourtant.

– Ouais. Eh bien lâche-moi un peu, tu veux ?

– C'est bon, excuse-moi.

– Alors Senna ? Ça te fait plaisir d'être ici ? Tu es comme chez toi, non ? Où as-tu mis tes singes ailés ?

Christopher éclata de rire, ravi de sa blague. A son grand étonnement – et au mien également – Senna lui répondit :

– Quand j'étais petite, Le Magicien d'Oz, c'était mon film préféré, figure-toi.

– Ah oui ? Tu étais sans doute la seule gamine à croire que la méchante sorcière de l'Ouest était l'héroïne de l'histoire !

– Mon passage préféré, c'était quand le film changeait de couleur, poursuivit Senna d'une voix rêveuse. Ça commençait en noir et blanc. Tout était gris. Et après le cyclone, quand Dorothée se réveille au pays d'Oz, c'était en couleurs.

Elle jeta un regard oblique et froid à sa demi-sœur.

– Dans cette histoire, il y a des gens qui se prennent pour Toto. Ils courent dans tous les sens, ils n'hésitent pas à foncer, ils démarrent au quart de tour. Et puis il y a ceux qui s'identifient à Dorothée. Ils découvrent un pays merveilleux... et ils pleurnichent pour rentrer au Kansas.

April se mit à rire. Senna l'avait piquée au vif, mais sûrement pas autant qu'elle l'aurait souhaité.

– Si je comprends bien, il faudrait qu'on te dise merci, c'est ça ? Excuse-moi, mais je n'avais pas réalisé que tu avais fait tout ça par gentillesse. Rien que pour nous faire plaisir. Tu vois, je croyais au contraire que tu nous avais attirés dans ton petit psychodrame pour te servir de nous, histoire de retenir Loki, de combattre les dragons à ta place et de nous vendre à ta copine Hel...

– La ferme, pauvre idiote ! lança Senna d'une voix tranchante comme une lame de rasoir.

Nous nous arrêtâmes. April était livide. Ses lèvres tremblaient. On aurait pu croire qu'elle allait se mettre à pleurer, mais non. Elle gardait les dents serrées et ses yeux n'étaient plus que deux fentes.

Je n'avais jamais vu April en colère. Pas à ce point-là, en tout cas. Instinctivement, je fis deux pas en arrière.

Senna avait les traits figés dans un masque de mépris glacial. April ne lui faisait pas peur. Elle s'avança et se planta devant elle, comme si elle allait lui balancer son poing en pleine figure.

– Tu n'es restée que quelques heures là-bas, sœurette, lui dit-elle d'une voix sourde et rauque. Moi, j'y ai passé plusieurs jours. Hel m'a ligotée à un poteau et elle m'a suspendue au-dessus du puits, la tête en bas. Et pendant tout ce temps-là, je voyais les hommes se débattre au fond du puits. Des centaines, des milliers d'hommes qui hurlaient jour et nuit. Qui sanglotaient, qui suppliaient, gémissaient, imploraient.

April ne répondit rien. Oubliant sa colère, elle se contenta de fixer sa sœur d'un air stupéfait et dérouté.

– J'étais là quand ils amenaient de nouvelles victimes, reprit Senna. C'était ça le pire. Les nouveaux venus, terrorisés par Hel, souillés par leurs propres immondices, qu'on traînait vers le puits où se contorsionnaient les anneaux du serpent. C'est à ce moment-là qu'ils réalisaient ce qui les attendait. Ils voyaient les dépouilles qui remuaient encore, des hommes vivants réduits à l'état de squelettes et couverts de toiles d'araignées vieilles de cent ans. En voyant ça, ils appelaient leur mère, April. « Maman, maman ! Au secours ! Aide-moi ! » Je les entendais hurler pendant des heures et des heures, et...

– Arrête ! s'écria Christopher. Ça suffit comme ça.

Mais Senna n'avait pas terminé.

– Tout est clair et simple pour toi, hein ? lança-t-elle froidement à sa sœur. Tu ne t'es jamais posé de questions. D'un côté il y a le bien, de l'autre le mal. Les gentils montent au ciel et les méchants vont brûler en enfer. La formule classique, quoi. Et moi dans tout ça ? Tu me classes dans quelle catégorie ? Sûrement pas dans celle des gentils. Mais je peux te dire que, quand j'étais suspendue au-dessus du gouffre de Hel, moi aussi j'ai pleuré, sangloté, hurlé, imploré de toutes mes forces. J'ai souhaité la mort plus d'une fois. Et pendant tout ce temps-là, je me disais que ma chère demi-sœur, avec ses idées bien arrêtées, était persuadée que c'était bien fait pour moi.

Senna avait du mal à reprendre son souffle, elle tremblait, son front était couvert de sueur. J'étais à deux doigts de la prendre dans mes bras. Mais elle était ailleurs. Intouchable. Exaltée.

Christopher se serrait la tête, comme pour retenir tous ces souvenirs qui remontaient à la surface avec une effrayante facilité. Quand sombreraient-ils pour ne plus resurgir ? Jamais. Impossible d'effacer certains pans de sa mémoire.

Je desserrai légèrement les poings tout en m'efforçant de respirer calmement. Senna avait été rudement secouée, c'était clair. J'aurais dû m'en rendre compte avant. Après tout c'était un être humain, pas un monstre. Elle était comme nous. Différente mais quand même des nôtres.

– Bravo pour ton petit numéro, Senna, lança Jalil.

Je n'en croyais pas mes oreilles. Je me tournai vers lui : pas ému pour un sou. Il hochait lentement la tête avec – comment dire ? – une expression d'admiration fortement teintée d'ironie.

– Tu es vraiment parfaite dans ton rôle, poursuivit-il. Et quel sens de la mise en scène ! Quel enchaînement ! Tu commences par nous raconter tes charmants souvenirs d'enfance, tu dérives sur Le Magicien d'Oz et vlan ! Tu nous sors le grand jeu. Tu brandis le marteau et tu enfonces le clou !

Senna secoua la tête, trop fatiguée, trop bouleversée pour répondre ou pour se défendre.

– Fiche-lui la paix, Jalil, tu dis n'importe quoi, lançai-je.

– Tu nous décris April comme une débile qui ne sait pas apprécier les merveilles du monde en Technicolor, tu la fais passer pour une fille insensible, contente d'elle et bornée. Tandis que toi, tu es la malheureuse victime. Heureusement que David est là pour te protéger.

– Tu vas la fermer, oui ? aboyai-je.

Il eut un petit sourire en coin.

– Impeccable ! Vous voulez que je vous dise ? On s'entendait trop bien. Maintenant voilà où on en est : April est diabolisée, moi j'ai l'air d'une ordure sans cœur, David reprend son rôle de défenseur et Christopher est puni pour avoir fait de la peine à la sorcière. Tu es trop forte, Senna. Tu devrais donner des cours d'art dramatique.

Je crus voir l'ombre d'un sourire passer sur les lèvres de Senna. Mais non, impossible. J'avais dû rêver. Il y avait vraiment des larmes dans ses yeux. Elle était des nôtres malgré tout.

Et pourtant, alors qu'inconsciemment je posai la main sur ma poitrine silencieuse, une petite voix me répétait sans cesse qu'il n'y avait que quatre rubis. Pas cinq.

CHAPITRE 13

C'était trop beau, trop propre, trop net, trop bien tenu. Voilà ce que je n'arrêtais pas de me dire en regardant autour de moi. Sur la route, pas une trace de crottin, pas la moindre saleté. Les briques jaunes étaient rutilantes, encore humides d'un récent coup de jet.

Royaume des fées, paradis des jardiniers. Les différentes espèces de fleurs ne se comptaient pas par dizaines, mais par centaines. Il y en avait de toutes les tailles, de toutes les formes, de toutes les couleurs. Cela me rappelait le Jardin Botanique de Chicago que j'avais été visiter avec ma classe, quand j'étais en troisième.

Au milieu de ce paysage de rêve, les seuls éléments poussiéreux et peu reluisants étaient les voyageurs qui allaient et venaient sur la route. Nous n'avions pas meilleure allure qu'eux et l'odeur qu'on dégageait aurait sûrement pu rivaliser avec celle des moutons qui nous croisaient. Je me sentais crasseux au dernier degré. Notre virée chez Hel ne remontait pas à si longtemps et je puais la sueur froide. Le parfum de la peur.

Depuis notre dispute, on ne se parlait plus. On ne marchait plus en groupe. April et Jalil avançaient côte à côte ; Christopher était loin devant, comme s'il ne nous connaissait pas ou qu'il voulait nous semer. Et puis Senna et moi. On marchait en silence, pas vraiment main dans la main mais suffisamment proches quand même pour que les autres ne manquent pas de remarquer qu'on était ensemble, elle et moi.

J'étais le dernier des crétins. Et le pire, c'est que j'en avais parfaitement conscience. La sorcière n'avait même pas eu un mot gentil pour moi. Pas un merci. Pas de « c'est sympa de m'avoir soutenue, David. »

Elle aurait pu me faire un signe, un sourire, me prendre la main. Elle aurait pu... mais non. Rien.

« De toute façon, elle n'a pas besoin de se fatiguer, me dis-je avec cynisme. Elle me possède et elle le sait. Alors à quoi bon ? »

J'étais peut-être le chef du groupe, d'accord. Mais un chef nul. Nous étions divisés, désunis. Et je n'étais qu'un fragment parmi d'autres. Apparemment, nous étions incapables de fonctionner ensemble. Au lieu de former une équipe, c'était chacun pour soi.

– Après tout, on n'est pas un club de foot, marmonnai-je avec dépit.

Arrivés au sommet d'une petite colline, nous vîmes que la route se séparait en deux. Une à droite, une à gauche. Mais on ne pouvait pas savoir où elles menaient, étant donné que l'embranchement se trouvait au fond d'un vallon.

– Regardez, un panneau ! cria soudain Christopher en tendant le bras. C'est bien la première fois. On a beau être au pays des fées, ça fait plaisir de voir que les gens d'ici ont assez de jugeote pour indiquer le chemin.

– Qu'est-ce qu'il y a d'écrit ? lui demandai-je.

– Eh ben... à gauche, c'est marqué « Vers la Cité – Trois miles » et à droite « Vers la Place du Marché – Un demi-mile ».

Il se retourna en souriant.

– Décidément, j'adore ces types ! On peut négocier avec eux, ils mettent des flèches sur les routes et ils nous indiquent même la distance en miles ! Si ça continue comme ça, je suis prêt à me convertir en lutin.

– Le marché est bien plus près, fit remarquer Jalil.

– Waouh ! Quel génie ! reprit Christopher. Un demi, c'est moins que trois. T'as trouvé ça tout seul, Einstein ?

– Ce que je veux dire, reprit Jalil, imperturbable, c'est qu'il faut qu'on trouve quelque chose à manger. Et aussi de quoi se changer. Sans parler d'un bon bain. Puisque le marché est à l'écart de la cité, on ne trouvera peut-être rien de tout ça en ville. C'est juste une supposition, remarquez. Mais, en attendant, tout le monde se dirige vers le marché. Regardez.

Jalil avait raison. A pied, à pattes ou en voiture, hommes et bêtes partaient tous sur la droite.

– Le problème, c'est que j'ai dit au type de l'entrée qu'on se rendait en ville. Ça collait mieux avec notre rôle de ménestrels.

– Bah ! De toute façon, il n'a pas cru ton histoire, objecta April. Je suis de l'avis de Jalil. On ferait peut-être bien d'aller faire un tour au marché.

– Est-ce qu'on vote ou est-ce qu'on s'en remet à la décision du grand chef ? demanda perfidement Christopher. Hein, Senna ? Qu'est-ce que David va dire ?

Je fis un effort surhumain pour ne pas entrer dans son jeu et, le plus calmement possible, je répondis :

– Je suis d'accord avec Jalil et April.

Par chance, Senna s'abstint de tout commentaire.

Une fois à l'embranchement, nous prîmes donc le chemin de droite et il ne nous fallut pas longtemps avant d'apercevoir le marché. Le moins qu'on puisse dire, c'est que cet endroit tranchait avec l'ordre et la propreté obsessionnels qui régnaient en Féerie.

– Ça alors, j'ai jamais vu un bazar pareil ! s'exclama Christopher.

Le marché formait un vague cercle qui devait couvrir un hectare. Plusieurs avenues convergeaient vers la place centrale. Elles étaient reliées entre elles par un réseau de ruelles anarchiques. Et chaque parcelle de terrain, chaque îlot était occupé par des commerces allant du simple étal en toile de tente rayée rouge, vert ou jaune, jusqu'au magasin «en dur» avec pignon sur rue, en passant par d'imposants établissements de deux ou trois étages offrant des façades de style rococo, avec des tas de fioritures et des toits de tuiles vernissées. Ce n'était pas toujours le cas, mais apparemment, plus on s'éloignait du centre, plus les boutiques étaient modestes. Les immeubles les plus hauts monopolisaient le cœur du marché, suivant le même schéma que dans les grandes métropoles modernes, avec les gratte-ciel en plein centre ville et la banlieue qui s'étend tout autour.

D'après l'organisation – si toutefois il y en avait une –, la plupart des bêtes (moutons, vaches, cochons et chevaux) semblaient cantonnées dans le quart nord-est.

Étant donné que nous étions sur une route qui menait directement au marché, il devait probablement y en avoir une autre qui conduisait à la cité, toujours invisible à nos yeux.

A l'intérieur du marché, les avenues et les rues grouillaient de monde. De là où nous étions, il était difficile de savoir à quel type de gens nous aurions affaire, mais même de loin, on voyait qu'ils étaient de tout poil, de toute taille, de toutes les formes et de toutes les couleurs.

Le chariot de betteraves roulait toujours derrière nous, gagnant peu à peu du terrain. Nous accélérâmes le pas. Je me sentais plus léger, et les autres aussi. Difficile d'imaginer des trucs horribles en plein centre commercial.

A notre grand soulagement, il n'y avait pas de garde-barrière chargé de nous faire payer un droit d'entrée. Après avoir doublé un groupe de nains qui marchandaient avec deux Coo-Hatch, nous continuâmes à remonter l'avenue.

En cette fin d'après-midi, le soleil était chaud sans être accablant. Il y avait en plus de grands coins d'ombre fraîche. L'avenue était jalonnée de stands qui proposaient des plats tout préparés. C'était pratique : il suffisait de s'arrêter pour trouver à boire et à manger. Ce que nous fîmes.

– Petit problème, mon général, me dit Christopher. On n'a pas un sou.

– Erreur, rétorqua Jalil. Je ne sais pas pour vous, mais moi j'avais un peu d'argent avant de venir ici et... il est toujours dans ma poche.

Il plongea la main dans son pantalon et en retira quelques billets, deux ou trois pièces, pas mal de sable et un scarabée mort.

– Tu gardes ça au cas où tu aurais une petite faim ?

– Onze dollars et cinquante cents, annonça Jalil. Mais ça m'étonnerait qu'ils acceptent les devises américaines ici.

– On aurait dû piquer deux ou trois babioles dans le trésor de Nidhoggr, dit Christopher.

– Ouais, c'est ça, bonne idée ! lança April avec une ironie étonnante de sa part. Il ne s'en serait sûrement pas rendu compte, c'est pas son genre. Pourquoi on se fait suer à faire ce voyage, hein ? Parce qu'il a perdu une malheureuse gamelle, je te signale.

– J'ai un conseil à vous donner : faites attention à ce que vous dites, déclara Senna à voix basse. N'oubliez pas qu'on est dans un lieu public.

Elle avait raison. Je me mis à regarder autour de nous avec circonspection. Apparemment, il y avait peu de risque pour qu'on nous ait entendus, mais je ne pouvais pas en être sûr à cent pour cent. Surtout qu'on pouvait difficilement confondre Nidhoggr avec un autre mot.

Nous étions en mission. Pas impossible mais périlleuse. Et j'avais déjà commis une erreur. Ça me rendait fou. J'en voulais aussi à Christopher et à April.

– Maintenant taisez-vous, tous les deux, leur dis-je avec une certaine brusquerie. Viens, Jalil, essayons de trouver quelque chose à manger.

Jalil approuva de la tête. Après avoir rapidement parcouru les différentes échoppes, nous fixâmes notre choix sur des espèces de saucisses en croûte qui avaient l'air relativement appétissantes. En plus, l'étalage était tenu par un humain. C'était déjà un bon début.

– Et n'oubliez pas la moutarde ! nous cria Christopher.

– Qu'est-ce que je vous sers ? nous demanda le vendeur.

On se serait cru dans n'importe quel fast-food de la côte ouest.

– Eh bien... nous voudrions cinq... choses comme ça, dis-je en désignant les espèces de hot dogs.

– Vous avez de quoi payer ?

– Onze dollars et cinquante cents, ça ira ? dit Jalil en tendant toute sa fortune.

Le bonhomme, plutôt costaud, avait des avant-bras à la Popeye et de grosses mains poilues. D'un geste vif, il rafla les trois billets et les examina attentivement.

– Qui est ce type-là ? me demanda-t-il en retournant un des deux billets de cinq dollars.

– Georges Washington. Et sur l'autre, c'est Abraham Lincoln.

Il nous rendit l'argent d'un air déçu.

– Ça ne vaut rien ici. Essayez de les changer chez les scribes de la rue Poséidon.

– Et les pièces ?

L'homme suça ses deux dents de devant, passablement jaunies et déchaussées.

– C'est du cuivre, pas de l'argent massif, ça saute aux yeux. Je veux bien vous donner un friand à la viande en échange du tout.

J'appelai Christopher pour qu'il fouille le fond de ses poches. A nous deux, nous réussîmes à récolter cinq quarters, un nickel et quatre pennies.

Dix secondes plus tard, nous étions confrontés à un grave problème : comment diviser trois hot dogs en cinq ?

– Manque plus que de la moutarde, quelques oignons et peut-être un peu de piment pour que ce soit vraiment bon, dit Christopher en attaquant sa maigre part. Plus des frites et un Coca, pendant qu'on y est.

– Moi je prendrais bien une salade et une tartelette au citron, soupira April.

– Attends... je rêve ! Tu es devenue végétarienne

ou quoi ? m'écriai-je, histoire de la taquiner et de détendre l'atmosphère entre elle et moi.

– Ouais... Le jour où je commencerai à avoir des envies cannibales, fais gaffe à ta viande, David.

– En attendant j'ai encore faim, râla Christopher. Il nous reste tout le bazar qu'April trimbale dans son sac à dos. Un livre de poésie, un cahier, un stylo, deux ou trois crayons, son Discman et quelques vieux CD pourris. Plus un trousseau de clefs et une ou deux cartes de crédit.

– Et de l'aspirine, précisa April.

– Si on s'occupait plutôt de trouver un endroit pour se loger et se changer ? proposa Jalil. Ici, nous sommes dans le temple du capitalisme. On arrivera peut-être à revendre deux ou trois trucs pour survivre, mais on devrait quand même penser à plus long terme, non ?

– Il faut qu'on tienne cinq jours, lui rétorquai-je. Trois jours et demi si on déduit le temps qu'on mettra pour retourner chez... Gros-Tas-de-Soupe. On ne va pas s'installer ici pour des mois.

Mais Christopher était intrigué.

– Qu'est-ce que tu veux dire, mec ? Tu comptes monter ta petite entreprise au pays des Fées, c'est ça ?

Jalil lui adressa son fameux regard en biais et son sourire breveté, style : « Je me comprends ».

– On connaît des tas de choses que les gens d'ici ignorent, dit-il. Ils sont englués dans le premier millénaire alors qu'on est à l'aube du troisième.

– Bon, allons-y, dis-je, faute de mieux.

Aller où, comment, pourquoi ? Je n'en avais pas la moindre idée, mais je ne tenais pas à ce que les autres le sachent. Une pierre, une épée, une lance et un chaudron : voilà ce que nous cherchions. Ces quatre objets se trouvaient quelque part en Féerie. Un pays qui n'avait rien à voir avec les contes de fées à la Disney. Il couvrait un vaste territoire et, même en restreignant notre champ de recherches à ce gigantesque marché en plein air, il nous faudrait plusieurs années avant de mettre la main sur les babioles de Nidhoggr. En supposant, bien sûr, que celui ou ceux qui les détenaient ne les avaient pas planquées en lieu sûr.

Attendez... non. Impossible. Les habitants d'ici ne les avaient sûrement pas cachés. Jalil avait raison : ici, tout s'achetait et se vendait.

– Allez, en route, répétai-je avec un peu plus d'assurance.

– Mais où ça, bon sang !?

– Au centre du marché. Avant que la nuit tombe.

CHAPITRE 14

On passa devant des forgerons, des bouchers, des potiers, des bijoutiers, des tisserands, des cordiers, des souffleurs de verre, des orfèvres, des tonneliers, des charpentiers, des tapissiers, des serruriers, des tanneurs, des herboristes, des diseurs de bonne aventure, des boulangers, des brasseurs. Sans parler de tous les marchands à qui on ne pouvait coller aucune enseigne.

Si on avait eu assez d'argent, on aurait pu acheter des cornes de licorne, des potions d'amour, des serpents volants, des chevaux à huit pattes censés descendre de l'illustre Sleipnir (allez savoir qui c'est). J'avais compté au moins trois marteaux de Thor prétendus authentiques.

Si on avait voulu, on aurait pu s'offrir des esclaves ou des prostituées.

Il y avait aussi des jongleurs, des mimes, des funambules, des avaleurs de sabre, des cracheurs de feu, des montreurs d'ours, des charmeurs de cobras et des lutteurs trolls.

On aurait pu se régaler d'épis de maïs grillés, de poulets rôtis ou de tourtes au fromage.

A mon avis, on pouvait trouver tout ce qui existait à Everworld.

Et inversement, tout ce qui existait à Everworld se trouvait sur ce marché. Des nains, des hommes, des femmes, des elfes, des trolls, des divinités mineures, différentes espèces de génies – au moins une douzaine –, des animaux doués de parole, des géants, des Coo-Hatch et diverses races d'extraterrestres.

Et tout ce petit monde achetait, vendait, marchandait, menaçait, cajolait, négociait, riait, s'apostrophait, se serrait la main, s'embrassait sur les joues, se congratulait.

Partout – absolument partout – des lutins en tunique bleu nuit déambulaient dans les ruelles et les avenues, armés de simples carnets reliés de cuir sur lesquels ils prenaient des notes et tenaient des comptes précis.

– Ces types travaillent sûrement pour les impôts, déclara Jalil. Regardez-les : ils fourrent leur nez partout !

D'autres lutins – moins nombreux et vêtus d'uniformes noirs – sillonnaient le marché deux par deux. Ils avaient beau être hauts comme trois pommes, porter des collants jaune citron et avoir des armes de poupée, on voyait tout de suite que c'était des flics.

On arriva enfin au cœur du labyrinthe, agréablement ombragé par de grands immeubles qui me rappelaient vaguement La Nouvelle-Orléans. (Je n'ai jamais mis les pieds dans cette ville mais j'ai vu des photos.) Des balcons de fer forgé magnifiquement ouvragés couraient tout le long des façades et, là encore, le commerce battait son plein. Il y avait surtout des lutins qui hurlaient des ordres à des elfes, à des hommes, à des nains ou à des extraterrestres qui s'activaient en tout sens dans les ruelles avoisinantes.

Dans ce centre agité et stratégique, les échanges commerciaux étaient d'une autre nature. C'est là que se traitaient les affaires importantes. On vendait le bétail par centaines de têtes, on achetait du blé par milliers de boisseaux, on prenait des options, on pariait sur la hausse ou sur la baisse de telle ou telle marchandise.

– Depuis que je suis à Everworld, c'est la première fois que je me sens vraiment à l'aise, déclara Christopher. Regardez ça : ici on est dans un monde réel, un monde d'affaires où l'argent circule et où chacun peut se faire du fric. C'est l'Amérique, quoi !

– Ne t'emballe pas trop vite, lui dis-je.

Je venais de repérer un chariot vide garé le long du trottoir. Je montai dessus et, après avoir mis mes mains en porte-voix, je criai de toutes mes forces :

– Nous sommes ici pour acheter la pierre, l'épée, la lance et le chaudron du Daghdha ! Nous sommes prêts à en donner un bon prix et...

Surgissant de nulle part, une patrouille de lutins en tunique noire fondit sur moi à une vitesse hallucinante. Leur vivacité compensait leur petite taille. En un rien de temps, ils m'éjectèrent de mon perchoir et je me retrouvai le nez dans la poussière sans comprendre ce qui m'arrivait. Trois arcs tendus à craquer étaient pointés sur moi, à trente centimètres à peine de mon cœur. Détail plutôt cocasse étant donné que je n'avais pas de cœur. Mais le seul problème, c'est que six autres flèches menaçaient de me crever les yeux, l'estomac, le foie et autres organes vitaux.

Je tournai la tête de quelques millimètres, lentement et avec une prudence extrême. Mes compagnons étaient toujours là, mais également sous la menace de plusieurs archers. Bref, on était tous à deux doigts de se faire transformer en porc-épic.

Un lutin en habit beige et chapeau vert s'approcha de moi et m'observa tranquillement, la pipe à la bouche. Il tenait une grande canne à pommeau d'or.

– Je... je voulais juste faire des affaires, dis-je avec respect.

– Il n'y a pas de meilleur endroit qu'ici pour en faire, en effet, me répondit-il. Mais il y a cependant des choses à ne pas dire.

– Je... je suis désolé, mais... j'ignorais que je ne pouvais pas parler de...

– Non, vous ne pouvez pas, décréta-t-il.

Sur ce, il brandit sa canne et je n'eus que le temps de voir le pommeau d'or décrire un bref arc de cercle avant de perdre connaissance.

CHAPITRE 15

Après avoir péniblement planché sur une dissertation d'anglais pendant une heure, je revins brusquement à moi.

Ce n'était pas la joie. J'étais assis sur une chaise qui n'aurait pas choqué dans une école maternelle. J'étais affalé en avant, la tête entre les genoux. En voulant me redresser, je fus pris de vertiges et de nausées. Dans la pièce où tout tournait, j'aperçus un trône sur une estrade. C'était mauvais signe : Loki et Hel avaient tous les deux un trône. Huitzilopochtli en avait un, lui aussi – en tout cas un siège qui y ressemblait vaguement. Les trônes n'apportaient que des ennuis.

Et dans cet asile de fous, personne ne ressemblait au prince Charles.

Je jetai un coup d'œil à droite et à gauche. Les autres étaient là, assis sur des chaises semblables à la mienne.

Je n'avais plus mon épée.

Une bonne douzaine de lutins en noir montaient

la garde. Ils n'avaient pas l'air commode, même du haut de leur un mètre vingt.

Sur le trône siégeait un vieux lutin coiffé d'une couronne incrustée de joyaux. Dans la main droite, il tenait un sceptre d'or également serti de multiples diamants, émeraudes et rubis.

Pas la peine de réfléchir des heures pour comprendre qu'il s'agissait du roi. Un roi richissime. Les murs, le plafond, le sol et tout le mobilier semblaient tout droit sortis du trésor de Nidhoggr. Tout croulait sous l'or, l'argent et les pierres précieuses.

A côté du roi de Féerie, sur un trône légèrement plus petit, se tenait la reine. Une vieille dame au regard perçant, plutôt bien de sa personne. Elle n'appartenait pas à la race des nymphes ni à celle des elfes. C'était juste une femme d'un certain âge et de toute petite taille. Sa bouche avait un pli amer.

Tout ça n'était déjà pas encourageant, mais pour couronner le tout, j'aperçus dans un coin une créature qui n'avait jamais dû participer à la belle et grande aventure de l'évolution du genre humain.

Le personnage en question était plus grand qu'un lutin, mais la ressemblance s'arrêtait là. Il avait des yeux démesurés, pareils à ceux d'une énorme mouche, et des ailes repliées dans le dos. Sa bouche était bordée de trois paires de bras minuscules qui s'agitaient sans cesse, comme pour attraper au vol d'invisibles proies.

– Un Hetwan, murmurai-je dans un souffle.

J'avais déjà eu l'occasion d'en voir un à la cour de

Loki. Les Hetwan sont des adeptes de Ka Anor. Et tout ce qui a rapport à Ka Anor n'annonce jamais rien de bon.

Soudain, la vérité me sauta aux yeux.

– C'est un coup monté !

– Bravo, David, t'as tout compris, me lança Jalil avec un mélange d'approbation et d'ironie.

Le roi de Féerie prit la parole.

– C'est toi le chef ?

C'est peut-être idiot, mais ça me fit plaisir. Puisqu'il s'adressait à moi en tant que chef, c'est que les autres avaient dû me reconnaître comme tel. Mais non. En fait, c'était pathétique. C'est parce que j'étais seul à porter une épée qu'il en était arrivé à cette conclusion. Inutile de chercher plus loin.

Mon épée, je venais justement de la repérer. Elle était appuyée un peu plus loin contre le mur, près de l'encadrement d'une porte. Il me sembla aussi apercevoir un garde avec une main brûlée. Une preuve de plus que l'épée de Galaad ne se laisse pas toucher par n'importe qui, surtout sans le consentement de son propriétaire. C'était plutôt rassurant de la savoir à ma portée, mais en même temps je ne me faisais aucune illusion. Même si j'étais capable de battre de vitesse un troll, j'étais un escargot comparé à un lutin. Avec tous ces arcs et ces carquois autour de moi, j'aurais le corps transpercé de flèches avant même d'avoir fait la moitié du chemin. Et entre-temps, les lutins seraient tranquillement retournés fumer leur pipe dans un coin.

Le capitaine de la garde – celui qui m'avait assommé avec sa canne à pommeau d'or – avait dû lire dans mes pensées. Il leva l'index et l'agita de droite à gauche, l'air de dire : « Ne t'avise pas de tenter le coup. »

– Oui, c'est moi le chef, dis-je au roi. Je m'appelle David Levin.

– Tu es un espion.

– Non, votre honneur. Je veux dire, Votre Majesté.

Tchac ! Une pointe de métal transperça le bas de mon pantalon et se planta dans le pied de ma chaise. Je n'avais rien vu venir. Je n'avais même pas vu l'archer bander son arc. Cela me coupa le souffle.

– Tu es un espion, répéta le roi. Un espion à la solde de Nidhoggr.

– Pas du tout ! Je...

Tchac ! Une deuxième flèche vint se planter à cinq millimètres de la première. Mon cerveau mit quelques secondes à enregistrer la douleur. Ce n'était qu'une blessure superficielle, une simple estafilade, mais le message était clair comme de l'eau de roche : ces maudits lutins étaient capables de m'écorcher vif s'ils le voulaient. Ils étaient trop rapides, trop bons tireurs. Et moi si grand, si lent, si lourdaud. Désespérant.

Je suais à grosses gouttes. Ma vue se troublait.

Le roi reprit :

– Tu es...

J'aurais dû me taire. Ou encore mieux, acquiescer.

– Merde ! Vous pouvez me tirer dessus pendant

des heures si ça vous chante, oui, c'est Nidhoggr qui nous envoie, d'accord, mais je ne suis pas un espion !

– Ce qu'il veut dire, intervint calmement Jalil, c'est que nous ne sommes pas des espions mais des voleurs.

Visiblement, le roi était prêt à me faire expédier une nouvelle volée de flèches, mais la reine l'en empêcha en posant la main sur son genou.

– C'est la vérité, déclara-t-elle.

Le roi eut l'air surpris mais pas sceptique.

La reine se pencha vers nous et poursuivit :

– Le dragon vous a-t-il envoyés ici pour reprendre les trésors du Daghdha ou simplement en mission de repérage ?

– Nous ne sommes pas censés lui faire un rapport. Il nous a juste dit de récupérer ces quatre objets et de les lui rapporter.

Le Hetwan nous fixait sans ciller. Ses gros yeux à facettes n'exprimaient strictement rien. Était-ce lui ou un de ses congénères que nous avions croisé chez Loki ? En tout cas, s'il nous avait reconnus, il le cachait bien. Mais étant donné que je ne faisais pas la différence entre un Hetwan et un autre, peut-être qu'on avait tous la même tête pour lui aussi.

En fait, la question n'était pas de savoir s'il nous avait reconnus ou pas, mais s'il savait qui était Senna. Ce qu'elle était véritablement. C'est grâce au pouvoir des Hetwan que Loki avait réussi à attirer Senna au-delà des frontières du réel. La porte des univers était censée appartenir aux Hetwan. Loki comptait les tromper pour utiliser Senna à ses propres fins.

Il suffisait d'abandonner Senna aux mains du Hetwan pour qu'on soit libres, c'était clair. Jalil l'avait sûrement compris lui aussi. April? Peut-être. Mais irait-elle jusqu'à vendre sa demi-sœur ? C'était moins évident. Non. Ce serait ouvrir la porte des univers pour que toutes les horreurs d'Everworld déferlent sur la Terre, jamais elle ne s'y résoudrait. Ce n'était pas son genre. Elle était trop attachée à son petit monde propret, trop attachée à la réalité.

Mais Christopher, lui, n'hésiterait pas à conclure le marché. Je le savais et je ne pouvais pas le laisser faire.

– C'était un piège, n'est-ce pas ? demandai-je au roi. C'est vous qui avez envoyé des gens pour voler Nidhoggr. Vous vous attendiez à ce qu'il vienne lui-même rechercher son bien.

– Comment ça, qu'il vienne le rechercher lui-même ? s'étonna Christopher. Il faudrait être fou pour attirer Nidhoggr chez soi ! Vous l'avez déjà vu, ce monstre ?

La reine étouffa un petit rire. Son mari avait l'air un peu penaud. De toute évidence, l'idée venait de lui. Cette information pourrait peut-être m'être utile en temps voulu... à condition que je reste en vie jusque-là.

– Combien Nidhoggr vous a-t-il payés pour faire le travail à sa place ? demanda le roi.

J'optai pour la vérité.

– Il a pris notre cœur et il l'a remplacé par un rubis. Dans quelques jours, ces pierres prendront feu... et nous mourrons. Sauf si nous lui rapportons la pierre, l'épée, la lance et le chaudron du Daghdha.

Cette fois, la reine éclata franchement de rire.

– Je m'en fiche, de son chaudron. Qu'il le reprenne ! Un chaudron magique qui fournit de la nourriture en abondance, sans jamais faillir, quel que soit le nombre de convives ou de repas à servir, la belle affaire !

Elle baissa la voix et ajouta, avec des airs de conspiratrice :

– Ce qu'on ne vous dit pas, c'est que l'abondante nourriture en question est absolument infâme.

– Ça manquait de sel, en effet, précisa le roi.

– C'est tout ce que vous trouvez à dire, mon cher ? Mais cette horrible brouet n'était même pas bon à nourrir des humains ! Du chou bouilli et de la viande à moitié pourrie, pouah ! On a essayé d'en donner aux cochons : les plus raffinés n'en ont pas voulu !

– Du corned-beef et des choux ? murmura April.

– De la bouffe irlandaise, à tous les coups, rétorqua Christopher à voix basse.

– En tout cas, reprit la reine, Nidhoggr n'est pas bête au point de foncer tête baissée dans le piège que vous lui avez tendu. La preuve : il ne s'est pas précipité pour venir se faire embrocher comme un mouton, ha !

Le roi se tourna, à contrecœur me sembla-t-il, vers le Hetwan.

– Je crois que nous avons échoué, lâcha-t-il.

– Oui. Ka Anor ne va pas être content.

– Écoutez, nous sommes tous des gens raisonnables, reprit le roi en tendant les mains comme pour implorer les puissances divines. Nous avons fait de notre mieux. Dans cette affaire, nous sommes tous perdants. A égalité.

– Ka Anor n'aime pas perdre, éructa le Hetwan.

– C'est la faute de ces maudits humains ! Je vais les faire tuer sur-le-champ, décréta le roi.

Tout cela s'était passé si vite que je n'avais pas pu intervenir ni dire un mot pour arrêter le processus. Le roi leva son sceptre. Le capitaine fit signe à ses hommes. Dans une seconde nous allions...

– Non ! Attendez. Nous avons la sorcière. Nous possédons la clé du passage qui mène à l'Ancien Monde. Ils préféraient mourir plutôt que de vous le dire, mais moi je peux vous l'affirmer : nous avons parmi nous la sorcière que cherche Ka Anor. La porte.

Là encore, je n'eus même pas le temps d'ouvrir la bouche pour arrêter ce flot de paroles. D'autant que j'étais trop sidéré pour réagir.

Ce n'était pas Christopher qui venait de parler.

C'était Senna.

Elle était debout, le bras tendu devant elle, l'index accusateur. Et c'est April qu'elle désignait.

– La voilà ! C'est elle que Loki a fait venir de l'Ancien Monde ! C'est elle la sorcière !

CHAPITRE 16

Il y eut un instant de silence. Nous étions sous le choc.

– Combien Ka Anor serait-il prêt à payer pour cette sorcière ? demanda perfidement Senna à la reine.

Elle avait joué de main de maître. Rapide. Parfaite. Elle avait choisi son moment, employé rigoureusement les mots qu'il fallait. Nous aurions eu beau protester nuit et jour qu'elle mentait, affirmer qu'April n'était pas sorcière, ça n'aurait servi à rien. Senna nous avait marqués du sceau des défenseurs d'April. Aux yeux des autres, nous étions déjà classés dans la catégorie des suspects. Senna, en tant qu'informatrice, ne l'était pas.

Et le pire, c'est qu'on ne pouvait pas retourner l'accusation contre elle. Si on la dénonçait, elle tomberait aux mains de Ka Anor. Impensable. On ne pouvait pas lui livrer la véritable porte.

– Bonne question, dit la reine en se tournant lentement vers le Hetwan. Cette fille a raison : combien Ka Anor paierait-il pour avoir la sorcière ?

– Elle lui revient de droit, déclara le Hetwan. Ka Anor ne...

La reine l'interrompit d'un claquement de langue agacé.

– Nous sommes ici au royaume des Fées, Hetwan. Nous n'avons pas l'habitude de ramper comme des vermisseaux dès qu'on entend prononcer le nom de votre maître. Ka Anor dévore les dieux, pas les mortels. Or nous sommes mortels, pour le meilleur ou pour le pire. Ce qui nous permet de ne pas avoir affaire à lui, mais seulement à ses esclaves. Et sans notre marché, comment Ka Anor ferait-il pour vous nourrir, vous, les Hetwan ?

La créature aux yeux de mouche demeura impassible, mais ne chercha pas à discuter.

– Bref, cette sorcière est à vendre, reprit la reine avec un rire satisfait. Ka Anor ne possède sûrement pas la richesse de Nidhoggr, mais je crois qu'il nous en donnera un bon prix. Un très bon prix, même.

– Il me faudra plusieurs jours pour le joindre et lui poser la question, dit le Hetwan.

La reine agita sa petite main avec insouciance.

– Prenez tout le temps qu'il vous faudra. En attendant, nous garderons la sorcière en lieu sûr.

April me lança un regard implorant.

– David !

– Ne t'en fais pas, on te tirera de là, murmurai-je. On ne peut pas leur donner ce qu'ils veulent.

Cette fois, ses yeux étincelèrent de haine. Envers moi ? Envers Senna ? Elle nous mettait peut-être tous les deux dans le même sac. Elle savait qu'elle était prise au piège. Elle savait que j'avais raison. Il ne lui restait plus qu'à espérer qu'on la sortirait de là, comme je le lui avais promis.

– Emmenez-la au cachot et triplez la garde, de jour comme de nuit, ordonna le roi dans un sursaut d'autorité. Quant aux autres...

Il jeta un coup d'œil à sa digne épouse.

– La fille a acheté leur liberté. Mais seulement à titre provisoire... Rappelez-vous, humains de l'Ancien Monde, que vous n'avez pas le droit de quitter notre territoire jusqu'à nouvel ordre. Si vous tentez de fuir, nous vous ferons abattre sur-le-champ.

Puis elle ajouta, s'adressant au capitaine :

– Rendez-leur leurs affaires et faites-les sortir. Ils puent !

Les gardes emmenèrent April. Plutôt en douceur, ma foi. Peut-être parce qu'ils craignaient ses prétendus pouvoirs. Ou alors pour ne pas abîmer la précieuse prisonnière de leur reine.

Quant à nous, nous fûmes littéralement expulsés. Probablement excédés par notre lenteur, les lutins de la garde royale nous embarquèrent manu militari jusqu'à la sortie du palais et nous poussèrent dehors sans ménagement. Puis ils nous lancèrent le sac à dos d'April et mon épée, et la porte se referma brusquement sur nous.

A présent nous n'étions plus que quatre. L'absence d'April se faisait cruellement ressentir. Je contemplai la porte du palais – pas si grande que ça, soit dit en passant. Par contre, le château lui-même était d'une taille imposante et d'un style très particulier. Il n'était pas bâti en pierre à chaux, mais en briques dorées, agencées selon des motifs compliqués. Elles étaient peut-être même en or massif, qui sait ? Sans avoir la fortune de Nidhoggr, les gens de Féerie n'étaient pas à plaindre, loin de là.

Ici, c'était clair, nous n'étions plus dans le secteur du marché. C'était sûrement la cité. Une cité aux rues étroites, encadrées de hauts murs. Tout était d'une propreté impeccable, presque stérile. Dernier détail : nous étions les seuls humains égarés au milieu d'une foule de lutins, de fées et de génies qui allaient et venaient à un rythme frénétique.

Je m'attendais à ce que Jalil ou Christopher s'en prennent à Senna, mais c'est sur moi que se déversa leur colère.

– Alors, David, est-ce que ça te suffit maintenant ? me lança Jalil. Si tu n'avais pas encore pigé ce que Senna avait dans le crâne, maintenant tu en as la preuve, non ?

– Une seconde de plus et vous étiez morts, déclara calmement Senna. Maintenant vous voilà libres et vivants. Grâce à moi.

Jalil ne lui accorda pas un regard. Il continua à me lorgner d'un air mauvais.

– Elle a raison, tu sais. Parfaitement raison. Mais le problème n'est pas là, hein ? J'espère que tu as compris, David. J'espère que tu l'as enfin percée à jour. Elle a vendu April parce que ça l'arrangeait, tout comme elle nous avait vendus à Hel parce que ça servait ses plans.

C'était la vérité, évidemment. Mais c'était nécessaire. En quelques mots, Senna nous avait sauvés alors que j'en étais encore à fantasmer sur le moyen de récupérer mon épée. D'un autre côté, elle avait accusé April sans le moindre scrupule. Je ne pouvais pas le nier. Ça m'avait tordu les tripes. Si seulement je pouvais lui parler en tête à tête.

Mais plus tard. Pour l'instant, j'avais d'autres problèmes à régler.

– Qu'est-ce que tu attends de moi, Jalil ? Tu veux que je la tue, c'est ça ?

– Ça résoudrait sans doute pas mal de choses, lâcha Christopher.

Je tirai mon épée du fourreau et je la lui tendis.

– Eh bien, vas-y !

– Va te faire voir, David ! Après tout, c'est ta...

– Et toi, Jalil ? Tiens, voilà l'épée. Tue-la !

Il me fixa d'un œil noir et, pendant quelques secondes qui parurent une éternité, j'eus l'impression qu'il allait le faire. Finalement, il détourna la tête.

– J'en ai marre ! m'écriai-je avec fureur. Vous n'hésitez pas à me pousser en première ligne quand ça vous arrange, hein ? Vas-y, David ! A toi d'agir ! Débrouille-toi, c'est ton problème !

– Comme je te l'ai déjà, reprit Jalil, ce n'est pas parce que tu ne vois pas l'iceberg qu'on va se laisser couler avec le Titanic.

– Très bien. Alors voilà ce que je te propose : tu

prends l'épée et les responsabilités qui vont avec. Vous m'avez désigné comme chef, mais dès qu'il y a un os, vous me laissez tomber. Eh bien non. Ça marche dans les deux sens. Si vous voulez un chef, il faut lui obéir. Du moins de temps en temps. Je ne prétends pas être parfait. Je ne vous ai jamais raconté de salades du genre : «Suivez-moi, je sais très bien où je vais et ce que je fais.» Bon sang ! C'est tout le contraire. Je suis pris dans une tornade et vous, vous me regardez me débattre, insolents et fiers. «Fais gaffe, David ! Surtout ne fous pas tout en l'air !»

– O.K., mec, arrête de t'exciter comme ça, dit Christopher. Il y a des gens qui nous regardent.

La rue était presque déserte, mais quelques tuniques noires semblaient effectivement s'intéresser à notre discussion. La nuit commençait à tomber et, dans un pays pareil, le tapage nocturne devait être plutôt mal vu.

Je fis un effort pour baisser le ton, mais c'était dur. J'étais vraiment furieux. D'autant plus que j'étais conscient de mon propre échec. Conscient jusqu'à la racine des cheveux. April était prisonnière, sur le point d'être vendue à Ka Anor et sous la garde de personnages que je n'aurais même pas songé à attaquer, si petits fussent-ils. Nous n'avions pas d'armes susceptibles de les impressionner. Rien. Nous étions impuissants.

C'est bien pour ça que la reine nous avait laissés partir. Les habitants de Féerie se croyaient capables de vaincre Nidhoggr s'il débarquait chez eux, et c'était fort possible. Ils étaient loin d'être idiots. Conclusion : s'ils pouvaient abattre Nidhoggr, si le vieux dragon lui-même avait compris cela, alors quelle chance avions-nous ?

A la place du cœur, j'avais une bombe à retardement. Si je ne voulais pas que le rubis m'explose dans la poitrine, il fallait que je récupère les quatre objets de Nidhoggr et que je trouve le moyen de sortir d'ici. Et par-dessus le marché, que j'arrive à délivrer April entre-temps. Charmant programme.

– Alors qu'est-ce qu'on fait, bon sang ? dis-je sans m'adresser à quelqu'un en particulier. Qu'est-ce qu'on peut bien faire !?

– Ces petits rigolos avaient l'intention de bousiller Gros-Tas-de-Soupe, dit Christopher, faisant écho à mes propres pensées. Ils comptaient vraiment l'attirer ici pour lui faire la peau, vous vous rendez compte ?

Jalil soupira profondément, comme s'il voulait expulser toute sa colère. Du moins pour l'instant.

– A mon avis, c'était un accord bilatéral, déclara-t-il. Le roi avait monté un plan pour faire sortir Nidhoggr de son trou. Une fois piégé, le Hetwan le tue, il en a certainement les moyens. Les habitants de Féerie s'approprient tranquillement toutes les richesses du dragon puisqu'il n'y a que ça qui les intéresse. Et Ka Anor, lui, a la voie libre pour envahir le Monde des Enfers.

– Y'a pas à dire, ces mecs-là ont le sens des affaires, avoua Christopher d'un ton admiratif. Ils prendraient n'importe quel risque pour un dollar !

– Ils contrôlent le marché des matières premières et perçoivent des taxes sur tout ce qui entre ou qui sort. Chez nous, on a la bourse de New York, la bourse de Tokyo, de Paris et de Francfort. A Everworld, la plaque tournante de la finance, c'est le royaume de Féerie, conclut Jalil. D'ailleurs, c'est peut-être là leur point faible.

– Comment ça ?

– L'argent. Ils ne pensent qu'à ça. Si seulement on pouvait...

– Faire quoi ? coupai-je avec un rire ironique. Leur graisser la patte alors qu'ils vivent dans des palais en or massif ? Redescends sur terre, vieux ! Tu te vois en train de leur proposer de racheter les affaires de Nidhoggr ?

– Oui... Pourquoi pas ? reprit Jalil d'un air songeur. Quand on aime le fric à ce point-là, on n'en a jamais assez. C'est l'inconvénient de la cupidité, justement.

– Mais qu'est-ce qu'on pourrait leur offrir ? On n'a plus rien !

Jalil haussa les épaules.

– Allez, accouche ! lança Christopher avec impatience. Ça fait un moment que je t'observe : tu as une idée derrière la tête, c'est clair. Pour un peu, on entendrait grincer les rouages de ta cervelle.

Jalil haussa de nouveau les épaules, puis il consentit à s'expliquer.

– Quand on a traversé le marché, j'ai vu qu'ils vendaient du cuivre. Sous forme de plaques, de lingots ou de rouleaux de fil. Il n'y en avait pas des masses, mais ça devrait suffire.

– Pour faire quoi ? demandai-je.

Jalil me lança un de ces regards obliques dont il avait le secret.

– Pour leur brancher une installation électrique, mec.

J'eus un moment d'hésitation. Jamais je n'aurais pensé à ça. ça m'embêtait que l'idée vienne de Jalil. D'un autre côté, il fallait bien admettre que je n'avais aucun plan. De toute façon, ce n'était pas ça l'important. Enfin pas vraiment. Ce qui comptait avant tout, c'était de sortir du trou dans lequel on s'était mis. Tant pis si le mérite en revenait à quelqu'un d'autre.

Je me tournai vers Senna.

– Est-ce que tu peux nous aider ?

– Comment ça ? En utilisant la magie pour forcer la reine à nous libérer ? Elle secoua lentement la tête. Je ne pense pas que ça marcherait. Elle est trop bien gardée. Et puis de toute façon, les femmes et moi... J'arriverais peut-être à quelque chose avec le roi, si je pouvais l'approcher. Mais c'est la reine qui détient le vrai pouvoir.

Je me mis à réfléchir à la proposition de Jalil.

– Étant donné qu'on n'a pas un rond, il faudrait trouver un investisseur prêt à se lancer dans l'aventure. Et puis obtenir certaines garanties contre ce qu'on a à proposer. Quand tu parlais d'installation, tu pensais à quoi exactement, Jalil ? Au téléphone ?

– Non, au télégraphe. C'est nettement moins compliqué. Suffit d'avoir du fil, des aimants, des émetteurs et... du courant. Le seul problème dans tout ça, c'est la source d'énergie. Jusqu'à preuve du contraire, ils n'ont pas l'électricité.

– On pourrait en fabriquer, non ?

– Ouais... En utilisant la force de l'eau. Une rivière ou n'importe quoi pour faire tourner une roue hydraulique. Mais pour ça, il faut des charpentiers et des forgerons expérimentés. Sans parler du fil de cuivre.

– Mais à quoi ça leur servirait, ton truc ? objecta Christopher. Rapides comme ils sont...

– Ils ne peuvent pas aller plus vite que les impulsions électriques, je te signale.

Je me mis à rire. Finalement, l'idée de Jalil rejoignait la mienne.

– Et le marché, alors ? Rappelez-vous vos cours d'économie : pour importer ou exporter des marchandises, il faut pouvoir communiquer, non ? Tous ces types qui vendent et qui achètent à tour de bras ne cracheraient sûrement pas sur un système qui leur permettrait de faire des transactions à distance.

– Je sais pas ce que tu en penses, Bruce Wayne, mais moi je suis complètement largué, dit Christopher.

Mais Jalil avait les yeux brillants d'excitation. Entre nous, plus question de conflit. Terminé. L'air à la fois complice et épaté, il me tendit la main en disant :

– Enchanté de vous connaître, M. Jones ! Mon nom est Dow.

– De quoi vous parlez à la fin ? ronchonna Christopher.

Mais Jalil et moi, on était déjà en route. S'il voulait nous suivre, tant mieux. Pareil pour Senna. Pour la première fois depuis qu'on avait quitté la cité de Hel, j'avais enfin l'impression de savoir où j'allais.

Chapitre 17

Il y avait un bon bout de chemin pour retourner au marché. Le temps qu'on y arrive, mon optimisme était nettement retombé. L'approche de la nuit me fait toujours cet effet. L'obscurité a le chic pour me flanquer le cafard.

Environ à mi-chemin entre la ville et le marché, on fit une pause au sommet d'une colline. L'endroit était aménagé comme une aire de repos. A l'ombre de quelques arbres judicieusement plantés, il y avait un charmant abri à claire-voie, sous lequel étaient disposés une table en bois et deux bancs.

De là où nous étions, nous apercevions le marché et ses lumières qui s'éteignaient une à une. Mais, chose étrange, une grande haie obstruait complètement la vue du côté de la cité et du château. Je ne sais pas pourquoi, mais ce détail me chiffonna. Sous ses airs de Disneyland, le royaume de Féerie avait quelque chose d'inquiétant. Tout y était contrôlé. Beaucoup trop contrôlé.

Dans un mouvement de colère, je sortis mon épée

et je me mis à taillader la haie. Un acte de pur vandalisme, histoire de me défouler.

– C'est ça, vas-y ! Fais-nous arrêter pour dégradation de plantes vertes ! s'énerva Christopher en sortant de la cabane.

Ignorant sa remarque, je profitai de la brèche que je venais d'ouvrir pour passer la tête à travers la haie. Ah! on voulait me cacher quelque chose ? Eh bien, raison de plus pour que je regarde !

Le spectacle valait le coup d'œil. Les nombreuses tours du palais doré scintillaient sous le clair de lune ; c'était un véritable enchantement. Il y avait encore de la lumière dans le donjon. J'imaginais la reine en train d'engueuler son mari pour n'avoir pas réussi à piéger Nidhoggr.

– Tu ne crois pas qu'on ferait mieux de repartir ? demanda Jalil dans mon dos.

Je me dégageai à regret et essayai tant bien que mal de remettre les branches en place pour camoufler les dégâts que j'avais faits. J'étais déçu. Je m'étais attendu à voir quelque chose de spécial. J'avais l'impression d'avoir raté un truc important. Mais quoi ?

Instinctivement, je jetai un dernier coup d'œil à la cité d'or aux multiples tours. Les plus hautes étaient coiffées de toits crénelés. D'autres, plus basses, étaient regroupées au centre du palais. Leurs toits pointus comme des fers de lance étincelaient de mille feux. Je secouai la tête, à la fois émerveillé et choqué par une telle débauche de richesse : on aurait juré des pointes de diamant.

Il était tard lorsque nous atteignîmes enfin le marché. Juste avant l'heure de la fermeture, nous réussîmes à troquer nos trousseaux de clés contre une portion de ragoût d'agneau. En bon capitaliste, l'aubergiste avait dû se dire qu'il valait mieux accepter ces étranges morceaux de laiton plutôt que de jeter les restes aux cochons.

Après ce frugal repas, nous nous réfugiâmes sous l'auvent d'une boutique apparemment abandonnée pour y passer la nuit. Je pris le premier tour de guet et, cette fois, je réussis à garder les yeux ouverts. Jalil avait hâte de s'endormir. Il comptait faire des recherches dans le monde réel afin de mener son projet à bien, et on le sentait tout excité à l'idée de devenir un grand maître de la communication. Christopher ronflait déjà. Senna était adossée à un des piliers de bois qui soutenaient la bâche à moitié déchirée.

– Si tu veux, je peux monter la garde, me proposa-t-elle.

– Non, répondis-je sèchement.

Silence. Puis :

– Ne t'inquiète pas, ils prendront bien soin d'elle en attendant le retour du Hetwan. Avant d'entamer les négociations – ce qui prendra sans doute plusieurs jours –, ils lui donneront à boire et à manger. Et un lit pour dormir, contrairement à nous.

Ne trouvant rien à dire, je m'enveloppais du mieux possible dans mes vêtements, car il commençait à faire frais.

– Qu'est-ce qui vaut mieux, David : faire quelque chose de mal avec les meilleures intentions du monde ou bien opter pour ce qui est utile, quelles que soient ses propres motivations ?

– Je me souviens du jour où je t'ai embrassée, murmurai-je sans répondre à sa question. Je me souviens dans quel état ça m'avait mis. Malgré tout ce qui s'est passé depuis, malgré toutes les horreurs qui sont restées gravées dans ma mémoire, je me souviens de tous les détails de ce premier baiser.

– Moi aussi.

– J'ai l'impression que ça fait des millions d'années.

On était assis là, l'un en face de l'autre, moi les jambes croisées, elle les genoux repliés, les cheveux balayés par la brise glaciale qui soufflait par à-coups et qui me laissait entr'apercevoir ses yeux gris entre deux oscillations de mèches blondes.

Je frissonnais. A cause du froid. A cause de la fatigue. A cause des souvenirs.

– Viens là. Viens t'asseoir près de moi, David.

J'avais besoin d'elle. Besoin de chaleur. De douceur. J'avais envie de sentir ses lèvres sur les miennes. D'un coup de baguette magique, chasser tous les doutes qui me hantaient. J'avais froid, dehors et en dedans. Je me sentais triste et seul. Depuis que Jalil dormait, nos brillants projets d'avenir ne m'excitaient plus. Je n'avais plus qu'une idée en tête : April n'était plus parmi nous et je n'avais pas trouvé le moyen de nous sauver. De nous sauver tous, sans exception.

Je me rapprochai de Senna en avançant à quatre pattes. Cette fois, plus question de magie. Ou alors d'une magie sans artifice. J'avais envie d'elle. De sa présence. Ah ! Pouvoir revivre ces moments où elle était assise à côté de moi, dans ma voiture, quand chaque cellule de mon corps la désirait plus que tout au monde. Tout était si simple, à cette époque... L'envie, le désir, rien de plus. Si : peut-être l'amour.

Avant, je me serais approché d'elle, nos lèvres se seraient rencontrées, nos corps se seraient touchés, serrés l'un contre l'autre.

A présent, je rampais vers elle à quatre pattes tout en sachant que tout cela n'était plus que du passé. Que la vérité était faussée. Qu'il n'y aurait jamais d'amour. Je me traînais vers elle parce que j'étais fatigué, exténué. Mais aussi parce que j'étais faible et qu'elle était forte. C'était ainsi. Je n'y pouvais rien. Inutile de revenir en arrière.

Je m'installai près d'elle et elle m'accueillit sans rien dire. Elle me laissa appuyer la tête sur son épaule, joue contre joue. Je sentais son souffle sur moi. Et le pouvoir qu'elle dégageait. Les yeux fermés, j'essayais de nous imaginer dans un autre monde.

Elle se tourna légèrement, inclina la tête et m'embrassa. Je compris alors qu'elle avait peur, qu'elle était inquiète, qu'elle avait encore besoin de moi – du moins pour un moment.

Je sentis mes forces s'étioler au contact de ses lèvres. Par le simple fait de me toucher, elle voulait me passer les menottes aux poignets. Ou un collier autour du cou pour me tenir en laisse comme un brave toutou. Mais j'étais conscient de ce qu'elle faisait. Je savais qu'elle cherchait à s'emparer de moi. Aucun doute là-dessus. Je n'étais pas dupe. Je savais pertinemment qu'elle n'éprouvait pas de réel sentiment pour moi. Et pourtant...

Mais je savais aussi que j'avais un choix à faire : être à elle ou être à moi.

Tout à coup, elle me repoussa. Elle voulait dormir. Inutile d'insister ou de lui résister. Ça faisait partie de sa stratégie. La reine de la douche écossaise, la Senna ! Elle faisait exprès de se montrer froide et lointaine après avoir été tendre et câline, histoire de me faire sentir combien j'étais seul et désemparé sans elle.

Et c'est ce que je ressentais.

Mais au fond de moi, je revoyais les tours du palais.

Chapitre 18

Aux premières lueurs de l'aube, on partit à la chasse. Les proies intéressantes étaient faciles à repérer. Les habitants de Féerie n'ont pas de complexe : quand ils sont riches, ils l'affichent clair et net. Nous savions déjà que les simples employés portaient des uniformes : bleus pour les percepteurs, noirs pour les policiers. Les négociants au service de la royauté étaient tout en rouge. En revanche, ceux à qui la fortune avait souri n'hésitaient pas à se parer des plus beaux atours : pourpoints de soie ou de velours aux couleurs chatoyantes, chapeaux extravagants garnis de plumes ou bordés de fourrure, lourdes chaînes en or et bagues tape-à-l'œil surmontées de diamants gros comme des bouchons de carafe.

Nous voulions quelqu'un de riche, mais pas encore parvenu au sommet de l'échelle sociale. Donc quelqu'un d'assez jeune et d'assez téméraire pour se lancer dans une aventure susceptible de lui rapporter un maximum de fric. Nous trouvâmes cet animal rare en plein cœur du marché. Il s'adressait par gestes à ses commis – trois types qui, à leur tour, retransmettaient ses ordres à grands cris pour commander des moutons, du bois de charpente et du cuivre. C'est en remarquant son intérêt pour le métal rouge qu'on réalisa qu'il était notre homme. Je m'approchai de lui. Comme il ne faisait absolument pas attention à moi, je me mis dans sa ligne de mire, l'empêchant ainsi de poursuivre son dialogue silencieux avec son équipe.

– Veuillez avoir l'obligeance de vous pousser, monsieur.

– Pouvez-vous m'accorder cinq minutes ?

Il arqua un sourcil.

– A quel sujet ?

– Ça vous dirait d'être plus riche que le roi ?

Il commença à rire, se reprit, puis me jeta un regard perçant.

– Vous êtes fou ou quoi ?

– Donnez-moi juste cinq minutes de votre précieux temps et vous verrez bien si je le suis ou pas.

– Que voulez-vous ?

– J'aimerais que vous mettiez ce petit objet dans votre oreille, lui dis-je en lui tendant l'écouteur de mon baladeur.

– Si c'est un vulgaire tour de magie, je vous préviens que...

– Non, non ! Cela n'a rien à voir avec la magie, je vous assure. C'est de la technologie.

Il fit un bref signe de tête et un type que je n'avais pas encore remarqué rappliqua en moins de deux.

– Cet homme, qui est à mon service, se fera un plaisir de vous trancher la gorge si toutefois vous vous jouez de moi.

– C'est de bonne guerre, lui répondis-je.

Le sbire tira son épée et arrêta la lame à deux millimètres de ma carotide.

– Maintenant, faites comme moi : introduisez l'embout que voici dans votre oreille. Vous voyez ?

Le jeune négociant s'empara de l'écouteur, le plaça prudemment au creux de son pavillon... et entendit ce que nul n'avait jamais entendu au pays de Féerie : un concerto de Jean-Sébastien Bach.

Il tressaillit sous le coup de la surprise, puis, réalisant que sa réaction risquait d'avoir de fâcheuses conséquences pour moi, il s'empressa de bloquer la main de son valet et continua d'écouter la musique.

Je lui tendis le second écouteur afin qu'il puisse profiter de la stéréo. Du coup, ses yeux s'écarquillèrent comme des soucoupes et il ouvrit grande la bouche, complètement estomaqué. Son visage rayonnait, comme frappé par une lumière divine descendue du ciel pour lui seul.

Au bout de quelques minutes, il retira les écouteurs, puis regarda mon Discman avec une lueur de cupidité.

– Combien en voulez-vous ? Votre prix sera le mien.

– Il n'est pas à vendre. En plus, il marchera peut-être encore trois ou quatre heures, après quoi on n'en tirera plus rien. C'était simplement pour attirer votre attention. Nous avons une proposition à vous faire.

– Allez-y, je suis tout ouïe.

Jalil s'avança, suivi de près par Christopher et Senna.

– Nous avons des connaissances techniques, déclara-t-il. Le moyen de vous faire communiquer plus vite que n'importe qui dans ce pays. Vous pourriez envoyer des informations à des centaines de kilomètres, instantanément, sans avoir à vous déplacer.

Voyant que l'homme restait perplexe, Christopher fit un pas en avant.

– Prenons un exemple, dit-il. Étant donné que vous êtes à fond dans le commerce, admettons que vous achetiez un troupeau de moutons au prix d'un dollar par tête. Comme vous supposez que d'autres moutons arriveront le lendemain sur le marché, vous pouvez raisonnablement espérer revendre les vôtres un dollar dix, à tout casser. Quand il n'y a pas de pénurie, les prix restent à peu près fixes, n'est-ce pas ? Mais imaginez un instant que vous appreniez qu'il n'y aura pas d'autres arrivages de moutons avant une semaine ou même un mois ? Dans ce cas-là, vous n'hésiteriez pas à augmenter vos tarifs, pas vrai ? C'est la loi de l'offre et de la demande. Quand il y a beaucoup de moutons, ils ne sont pas chers. Quand ils se font rares, les prix grimpent.

Après avoir réfléchi, le jeune Féerien aux dents longues approuva le raisonnement de Christopher.

– Oui, c'est tout à fait juste.

– Résumons-nous, reprit Christopher. Si vous saviez de source sûre qu'il n'y a pas d'autres moutons à vendre à part les vôtres dans un rayon de cinquante miles, vous augmenteriez vos prix sans hésitation, on est bien d'accord ?

– Oui..., mais comment pourrais-je le savoir à l'avance ?

– Grâce au télégraphe, cher monsieur ! Et ce n'est qu'un début, croyez-moi. Cette nouvelle technologie vous informera sur tout : le mauvais temps qui approche ou une armée ennemie qui se dirige sur la frontière, pour ne citer que quelques applications. Et si vous souhaitez envoyer un message à des parents éloignés, rien de plus simple !

Il nous fallut une bonne demi-heure de plus pour expliquer toutes les subtilités de l'affaire à notre futur associé, lequel répondait au nom d'Ambrigar. On eut aussi beaucoup de mal à le convaincre que mon Discman n'avait rien à voir avec les prodiges du télégraphe. Et même après lui avoir exposé notre plan en long, en large et en travers, il ne parut pas saisir toute l'étendue de l'ambitieux projet que nous avions conçu pour lui.

– Certes, cela me conférerait un grand avantage sur mes concurrents, déclara-t-il enfin. Si j'arrivais à savoir certaines choses qu'ils ignorent, je...

– Minute, Ambrigar ! l'interrompit Christopher. Il ne s'agit pas de ça. Les autres le sauront aussi. Vous comprenez bien que tout le monde voudra savoir comment se présente la récolte de maïs à Trifouillisles-oies, ou si la sécheresse a ravagé les champs de blé du côté de Ploucville, ou combien il y a de chariots de betteraves sur la route. Tout le monde voudra pouvoir communiquer avec son frère, son cousin ou son employé installé à Pétaouchnoc. Tout le monde voudra avoir accès aux mêmes informations que vous !

– Mais alors je ne vois pas l'intérêt de...

– Mais si ! Vous les ferez payer.

– Comment cela ?

– Imaginez que le roi veuille envoyer un message télégraphique à un autre roi : puisque vous avez le monopole de l'installation, ça lui coûtera un dollar. Un boulanger veut commander une farine spéciale à l'autre bout du pays ? Encore un dollar qui tombe tout cuit dans votre poche ! Une fille veut envoyer une lettre d'amour à son chéri qu'elle n'a pas vu depuis huit jours ? Hop ! Un dollar de plus pour vous. Y'a un paquet de fric à se faire, mec !

Cette fois, Ambrigar sembla avoir capté.

– Tous ceux qui voudront utiliser mon fil magique...

– ... vous paieront automatiquement un dollar magique, termina Christopher à sa place.

C'est à ce moment-là qu'on lui annonça notre prix. Il s'éloigna à grands pas et on crut bien que l'affaire était ratée. Mais au bout d'une heure, on le vit revenir.

– Montrez-moi ce fil magique et prouvez-moi qu'il fonctionne, nous dit-il.

Jalil hocha la tête.

– Pour cela, il nous faudra : du bois, des charpentiers, du fer ou de l'acier, un forgeron, un bijoutier et une grande quantité de fil de cuivre.

– Comme celui qu'on utilise pour les boucles d'oreilles des dames ? s'étonna Ambrigar.

– Exactement.

– Le capitalisme, y'a que ça de vrai ! s'exclama Christopher en riant.

Chapitre 19

On commença par étudier la topographie des lieux. Environ à un quart de mile du marché, Ambrigar possédait une petite forge située près d'un cours d'eau assez rapide qui longeait la route des Fées.

En fait, Ambrigar s'était déjà constitué une belle fortune. Mais comme l'avait souligné Jalil, ceux qui ont beaucoup d'argent en veulent toujours plus. Maintenant qu'il avait flairé la bonne affaire, notre associé était prêt à tout pour que le projet se réalise. On voulait un forgeron ? Pas de problème, il en avait un. Un bijoutier ? Rien de plus facile à trouver. Du fil de cuivre, de l'acier, du bois ? En veux-tu, en voilà !

Jalil avait pris la direction des opérations. Contrairement à moi, il avait l'air de savoir ce qu'il faisait. Il passait son temps à dessiner des schémas sur des bouts de parchemin, à tracer des courbes à la craie sur des planches et à se livrer à des tas de calculs compliqués.

– Maintenant occupons-nous des ouvriers ! s'écria-t-il, surexcité. Si on veut que le travail avance vite, il nous faut des lutins. Rien que des lutins. Les humains sont trop lents. Engagez-moi des lutins !

Ambrigar protesta car c'était une main-d'œuvre nettement plus chère. Mais Christopher savait y faire. Avec son bagout de représentant de commerce, il réussit à convaincre notre homme d'engager des lutins. Et rien que des lutins.

J'avais une question à poser à Jalil, mais il était déjà replongé dans ses calculs. Il fallut le secouer pour lui faire lever le nez.

– Quoi ! Qu'est-ce qu'il y a ? me demanda-t-il.

– Je pense au compte à rebours. Tic tac, tic tac. Tu vois ce que je veux dire ? Est-ce qu'on sera dans les temps ?

Il eut une lueur farouche dans les yeux.

– Ouais. Normalement, on devrait y arriver. Si tout se passe bien et si tu arrêtes de me déranger.

– Tu veux de l'aide ?

– Quoi ? Non. Si. Va au marché et tâche de trouver des isolants. Genre euh... je ne sais pas... des trucs en terre cuite ou en porcelaine. Ou bien en verre. Avec un trou pour faire passer le fil et l'attacher au poteau. Il m'en faudrait... Attends.

Il fouilla rapidement dans ses nombreuses notes et parcourut une feuille couverte de chiffres.

– Au moins une quinzaine. Le double, si possible. Allez, file !

Il m'expédia d'un geste. Sans colère ni énervement. Juste pour maintenir la pression.

Nous n'avions plus que trois jours devant nous.

Trois jours pour construire une roue hydraulique capable de produire du courant, poser des poteaux télégraphiques en relais sur un quart de mile, et fabriquer un émetteur et un récepteur avec les moyens du bord. Trois jours. Non seulement pour faire tout ça, mais aussi pour payer la rançon d'April, racheter les objets du Daghdha et les rapporter à Nidhoggr avant que les rubis qu'on avait dans la poitrine ne se transforment en volcans modèles réduits.

En admettant que la rançon convienne à la reine. En admettant qu'on puisse offrir plus que Ka Anor. En admettant qu'Ambrigar nous donne les moyens de surenchérir.

Cela faisait beaucoup de suppositions. Le problème majeur, c'était bien sûr qu'on ne puisse pas récupérer April. Racheter les babioles de Nidhoggr, sauver notre peau, ça oui, peut-être. Mais April ?

Nous étions probablement tous arrivés à cette conclusion. Jusqu'à maintenant, on avait consacré tous nos efforts à sauver notre peau, pas celle d'April. Mais ça ne pouvait pas durer.

Je me mis à sillonner le marché pour trouver les fameux isolants réclamés par Jalil. Ambrigar m'avait adjoint un de ses nombreux serviteurs. Il me suivait comme une ombre, prêt à payer cash tout ce dont j'aurais besoin. Tout en cherchant un peu au hasard, je récapitulais la situation une fois plus. Bon. On rapportait ses joujoux à Nidhoggr. En échange, il nous rendait nos cœurs. Enfin espérons-le. Pendant ce temps-là, April serait livrée pieds et poings liés à Ka

Anor. Qui lui demanderait de faire quelque chose qu'elle n'était absolument pas en mesure de faire. Et le sixième jour, le rubis qu'elle aurait encore à la place du cœur volerait en éclats... et elle avec.

A un moment, je crus reconnaître le gros chariot de betteraves qu'on avait suivi pendant un moment avant d'arriver en Féerie. Oui, c'était bien le même. Sauf qu'il était à présent chargé de tout un fatras de marchandises. Entre autres des tapis que des manutentionnaires empilaient à grand-peine. Ils avaient l'air pressé d'en finir.

Un peu plus loin, en passant devant une armurerie, je remarquai plusieurs boîtes contenant des pointes de flèches. Je m'approchai pour les examiner.

– Ce n'est peut-être pas ce qui se fait de mieux, mais elles sont solides et vraiment pas chères, me dit le vendeur, me sentant intéressé. C'est de la porcelaine. Nous les recommandons particulièrement pour la chasse au gibier de grosse taille. Comme les bêtes détalent souvent en emportant les pointes avec elles, mieux vaut ne pas employer un matériau trop coûteux, vous comprenez ? Mais voyez comme elles sont bien conçues : grâce au trou percé à la base, on peut les fixer à la hampe au moyen de petits clous... que nous avons également en magasin.

– Parfait. Vous m'en mettrez trente.

– Trente ! Avec plaisir, mon bon seigneur. Voulez-vous voir notre collection de pointes de qualité supérieure ? Nous en avons en bronze, en acier, en...

– Non merci. Celles-ci me suffisent amplement.

Mon serviteur que voici va vous... Ha, ha, ha ! Mais bien sûr ! Comment n'y ai-je pas pensé plus tôt ?

Je me mis à battre des mains tellement j'étais excité.

– Je comprends le coup de la haie, maintenant ! Des tours, tu parles !

– Pardon, monseigneur ? me demanda le marchand.

– Rien. Enveloppez-moi tout ça, s'il vous plaît.

Par chance, aucun des deux ne chercha à en savoir plus. Le serviteur d'Ambrigar ne s'occupait que de son portefeuille et l'armurier ne pensait qu'à me vendre un maximum de choses.

Je retournai voir Jalil en quatrième vitesse. Curieusement, il s'était retiré sous une tente qu'on avait dressée près du chantier, en bordure de la rivière, pour tenter de faire un somme.

– Il faut que je passe de l'autre côté, dans le monde réel, pour vérifier quelques schémas, m'expliqua-t-il. J'ai demandé à Christopher de me réveiller dans deux heures.

– Et si tu débarques en plein cours, une fois là-bas ?

– C'est pas grave, je me débrouillerai. L'important, c'est ce qui se passe ici, pas là-bas.

– Écoute, il nous faut un plan de secours.

– Merci, la confiance règne, à ce que je vois.

– Sois honnête, Jalil : si je te disais que j'ai trouvé une autre solution, est-ce que tu pourrais m'affirmer qu'on n'en aura pas besoin ?

Il secoua la tête.

– Non, évidemment. Il y a plein de choses qui risquent de ne pas marcher dans mon plan, je le sais bien. Tout peut rater à la dernière minute. Alors c'est quoi, ton fameux plan bis ?

– Amener Nidhoggr ici.

– Génial. J'espère que le plan A va marcher…

– Attends que je t'explique. D'après ce qu'on a pu comprendre, Nidhoggr ne voulait pas venir jusqu'ici en personne parce qu'il avait peur de tomber dans un traquenard, exact ? Il a dû flairer que s'il se déplaçait, les Féeriens en profiteraient pour le coincer d'une manière ou d'une autre afin de s'emparer du reste de sa fortune, tu me suis ?

– Jusqu'ici, oui. Mais je ne vois toujours pas où tu veux en venir.

– Figure-toi que Nidhoggr avait vu juste, dis-je en baissant la voix. Les habitants de Féerie l'attendaient de pied ferme. J'ai aperçu les tourelles du palais, l'autre jour. On ne peut pas les voir de près, étant donné la hauteur des remparts et l'endroit où elles sont placées. Mais tu te souviens de la colline où l'on s'est arrêté pour faire une pause ? De là-haut, on avait une vue plongeante sur la cité. C'est pour cette raison qu'ils ont fait pousser une haie. Pour empêcher les gens de regarder, tu saisis ?

– Écoute, mec, j'ai pas beaucoup de temps, alors sois un peu plus clair, O.K. ?

– Ces tours fines et élancées, ce sont des flèches ! Des flèches géantes capables de transpercer ce gros lard de Nidhoggr. Je ne sais pas comment ils comptaient les lancer, mais je suis sûr de ce que j'avance. Voilà comment je vois les choses : au moment où le dragon survole le palais, il reçoit une volée de tours en plein ventre et il tombe raide mort. Du coup, les Fériens s'approprient son trésor et les Hetwan, de leur côté, envahissent le Monde des Enfers Souterrains sans avoir à craindre que le dragon les attaque.

Je m'attendais à ce que Jalil me traite de dingue. Ou du moins à ce qu'il chipote, qu'il démolisse mes arguments ou qu'il mette le doigt sur tel ou tel point vaseux de ma théorie. Mais non. Tout ce qu'il trouva à dire, ce fut :

– D'accord. Alors qu'est-ce que tu comptes faire ?

– Retourner en douce voir Nidhoggr, le mettre au courant et lui proposer un marché : « Tu veux récupérer tes petites affaires ? Je connais un moyen sûr et sans problème pour y arriver, sans emprunter la voie des airs. Je sais comment obliger le roi de Féerie à te rendre ton bien. De notre côté, nous avons aussi quelque chose à récupérer. »

– April ?

– Évidemment. Pas question de la laisser tomber. Si on s'en sort, on doit s'en sortir tous, tu es d'accord ?

Jalil hocha la tête et se mit à bâiller.

– Et Senna ? Tu l'emmènes avec toi ?

– Ouais. C'est à moi de m'occuper d'elle.

– C'est le problème avec toi, David : tu veux toujours t'occuper de tout !

Et il éclata de rire.

Chapitre 20

Je revins à l'échoppe abandonnée que nous avions élue pour domicile provisoire. Pour améliorer notre confort, Ambrigar nous avait fait porter des couvertures, des oreillers et quelques objets de première nécessité.

Senna était dehors, devant l'étal, en train de bavarder avec un homme vêtu d'un tablier de cuir. Elle avait la main posée sur son avant-bras poilu, et il souriait d'un air bête.

– Dis-lui au revoir, lui ordonnai-je sèchement.

Était-ce par jalousie ? Non. Je savais que Senna exerçait son pouvoir sur cet homme. Qu'elle établissait ce contact physique pour endormir sa méfiance, diminuer sa résistance et ses inhibitions. Exactement ce qu'elle avait fait avec moi.

Non, ce n'était pas de la jalousie que je ressentais. J'étais gêné. Honteux de voir le reflet de ma propre faiblesse sur le visage de cet étranger. Comme de se regarder ivre sur une cassette vidéo. « Tu t'es vu quand t'as bu ? », ça me faisait le même effet.

Senna prit congé du type et me suivit assez docilement.

– Il faut qu'on quitte ce pays, lui dis-je.

– Ah oui ?

– Ouais. Et tu viens avec moi.

Ses yeux gris me fixèrent pensivement.

– Moi je me plais bien ici... Merlin ne peut pas m'atteindre. Loki non plus. C'est un monde à part. Le marché des Fées est vital pour tous. C'est grâce à cela qu'on leur accorde le statut de terrain neutre. Les dieux les laissent en paix. Lorsqu'ils se risquent à passer la frontière, les grands magiciens – ou les sorcières – sont surveillés de près dès leur arrivée. Mais contrairement à moi, Merlin ne passe pas inaperçu. Moi je peux rester ici, le temps d'apprendre ce que je veux pour... pour continuer ma vie. Je peux trouver des alliés. Rassembler des troupes. Dans tout Everworld, c'est la seule civilisation qui se rapproche de la nôtre. Ici, je sens que je peux reprendre des forces. Assez de forces pour repartir. Mais pas tout de suite.

– Tu reviendras plus tard, quand j'aurai fini ce que je dois faire, lui rétorquai-je.

Elle fronça les sourcils de manière imperceptible. Comme si elle n'arrivait pas à comprendre parfaitement.

– Je ne partirai pas d'ici, David. Et toi non plus. J'ai besoin de toi. J'ai besoin de vous tous. Je sais que vous pouvez amasser une fortune ici, Jalil et toi. Et j'ai besoin de cet argent pour...

– Qu'est-ce qui te fait croire qu'on accepterait de

t'aider ? Tu t'imagines peut-être que je suis à tes ordres, mais Jalil ne fera pas forcément ce que tu veux.

– Je crois que si.

– Et moi ? Tu ne te poses même pas la question, hein ? Tu crois que je suis prêt à faire n'importe quoi pour toi.

– Tu m'aimes, répondit-elle simplement.

– Je veux délivrer April.

– Oublie April. Elle est partie.

– Tu as peut-être raison mais...

Sans prévenir, je lui balançai mon poing à la figure et la frappai juste sous le menton. Sa tête partit en arrière. Pendant quelques secondes, elle resta chancelante, l'œil hagard, puis ses genoux lâchèrent et elle s'effondra dans mes bras.

– Je t'aime, c'est vrai, murmurai-je. Et peut-être que je t'appartiens. Mais tout le monde sortira d'ici vivant. Y compris toi. Que tu le veuilles ou non.

Après l'avoir étendue par terre, je lui attachai les mains dans le dos, lui liai les chevilles, puis je lui fourrai un bout d'écharpe en coton dans la bouche et me servis du reste pour la bâillonner fermement. Ensuite je l'enroulai lentement et soigneusement dans une couverture, tout en m'assurant qu'elle puisse respirer.

Quand Senna fut ficelée comme un saucisson, je la pris sur mon épaule et partis à la recherche de l'ancien marchand de betteraves reconverti dans les tapis. Senna ne pesait pas bien lourd. La couverture non plus. Pourtant, à elles deux, elles pesaient des tonnes et je suais à grosses gouttes.

J'arrivai juste à temps pour voir le chariot se mettre en branle. Je me mis à courir pour le rattraper et, hors d'haleine, je parvins à balancer Senna par-dessus le hayon. Sans aucun ménagement. Mais je ne pouvais pas faire autrement. Après m'être accroché au montant, je réussis ensuite à me hisser à bord et à m'écrouler sur Senna, toujours inconsciente.

Le conducteur ne risquait pas de nous voir, mais il fallait se méfier des lutins. En particulier des tuniques noires. S'ils me repéraient, j'étais fichu.

Tout en restant à moitié allongé, j'installai Senna au milieu des autres tapis, après quoi je me glissai entre deux tapis roulés en priant pour que ma ruse marche.

Je mourais de chaud. Je manquais d'air. Je me sentais mal. Mais pour l'instant, tout allait bien. De plus, quand nous avions passé la frontière à l'aller, je n'avais pas remarqué qu'ils fouillaient les chariots de marchandises à la sortie.

Une demi-heure plus tard, Senna commença à s'agiter.

– Un seul bruit et on finit tous les deux au fond d'un cachot, lui soufflai-je. Ou pire encore.

Elle ne broncha pas. Au bout de plusieurs heures étouffantes, je risquai un œil hors de ma cachette. Ça y est ! On était enfin sorti du royaume de Féerie. Sur la route, deux cents mètres derrière, il y avait un autre chariot. Comme il y avait peu de chances pour que le conducteur s'occupe de nous, je décidai de déballer Senna. Elle était en nage et ses vêtements lui collaient à la peau. Hormis le vilain bleu qu'elle avait au menton, elle était blanche comme un lavabo.

– Excuse-moi, je n'aime pas cogner – surtout les filles. Mais je n'avais pas le choix. Je suis désolé.

La Senna calme et stoïque que je connaissais n'existait plus. Elle me fixait avec haine, les yeux rétrécis, les lèvres retroussées, tel un loup montrant les crocs.

– Désolé ? grogna-t-elle. Tu parles ! Tu es content de toi, David, pas désolé pour un sou. Mais tu le regretteras, crois-moi !

Encore chancelante, elle enjamba le hayon et réussit à descendre toute seule du chariot. Elle perdit l'équilibre et tomba le nez dans la poussière. Je sautai à mon tour et lui tendis la main pour l'aider à se relever. Elle accepta mon aide, mais je fis tout pour abréger le contact.

Je m'éloignai de la route pour gagner l'ombre des premiers arbres. Senna me suivit. Elle tremblait de rage. Son visage était couvert de terre et de sueur mélangées.

– Tu m'as trahie ? me demanda-t-elle d'une voix étrange où perçait la folie, la démence totale. On aurait dit une meurtrière sur le point de porter le coup fatal.

– Non, je ne t'ai pas trahie, Senna. Et je ne trahirai pas April non plus.

Elle déversa alors un torrent d'obscénités. Les

yeux exorbités, les joues cramoisies, elle me cracha les pires insultes à la figure. Je n'avais encore jamais rien entendu de pareil. Les mots, oui, je les connaissais. Mais prononcés avec tant de hargne et de fureur, jamais. Une violence inimaginable. Je décidai de lui tourner le dos et de m'en aller.

– Reviens ici ! hurla-t-elle.

Je poursuivis mon chemin. A présent, les rayons du soleil matinal n'arrivaient plus à pénétrer la cime des grands arbres et la pénombre s'installait, grandissait, comme si un énorme nuage d'orage recouvrait progressivement la forêt, telle une chape de plomb. L'obscurité me fit hésiter. Il faisait presque nuit. Et au milieu de ces arbres... de tous ces arbres... une cabane de rondins.

Mon estomac se tordit. Une cabane ? Cette cabane, ici même ? Non. C'était impossible. Et pourtant le fanion était là, pendouillant à la porte. Et aussi le numéro de la cabane. Et le nom du camp.

Non, non, non. Impossible. Comment se pouvait-il que... ?

J'essayais de m'arrêter, mais je ne pouvais pas. Mes jambes avançaient toutes seules, de plus en plus vite. Je me mis à courir. Oui, à courir sur des jambes en caoutchouc. Vers la cabane. Tout le monde dormait. Tout le monde, sauf ce gamin stupide.

Tout à coup j'étais là, devant la porte grande ouverte, et je le voyais de dos, dans son coupe-vent blanc. Il avançait sur la pointe des pieds. Se déplaçait silencieusement entre les rangées de gosses qui ronflaient ou reniflaient dans leur sommeil. Il se dirigeait vers le gamin. Le seul qui ne dormait pas. Et pourtant il essayait. Il faisait tout pour s'endormir.

– Non, laissez-le tranquille, ai-je dit.

Mais il se rapprocha du petit gamin. Du pauvre gringalet qui ne ferait rien pour se défendre. Un faible. Une poule mouillée. Stupide gosse.

Il fallait que je fasse quelque chose. Que j'arrête Donny. Que je hurle. Que je prenne un bâton ou n'importe quoi pour écraser sa sale tête. Il fallait que je le tue pour en finir. En finir. En finir.

Lève-toi, pauvre nouille. Lève-toi, espèce de lâche. Réagis ! Lève-toi et bats-toi. Je ne peux rien faire pour t'aider. Je ne peux que regarder, voilà tout. Attendre, regarder et pleurer toutes les larmes de mon corps.

– Fichez-lui la paix ! ai-je crié.

Je pouvais quand même faire ça, non ? Non ? Pourquoi ?

– Parce que tu es un faible, David, murmura une voix.

La voix de Senna

– C'est pour ça qu'il t'a choisi. Parce que tu es faible.

– C'est lui qui est faible. Lui, ce gamin même pas capable de...

Éclat de rire.

– Tu es aveugle ou quoi ? Regarde-le, David. Regarde son visage.

Non, non, non.

– Tu le vois, ce petit garçon en train de pleurer ? Ce pauvre gosse qui tremble comme une feuille ? Regarde-le bien, David. Qui est-ce? Qui est ce pauvre petit froussard qui pleurniche dans son coin ?

– Aaaaaaaaaaaahhhhhh !

Dans un sursaut, j'ai bondi hors du lit de camp en hurlant. Et je l'ai frappé, cogné, martelé de mes poings. Mais je n'ai rencontré que du vide.

Plus rien. Plus de cabane.

J'étais là, au milieu de la forêt tachetée de soleil. J'avais les mains en sang à force d'avoir frappé le tronc d'arbre. On n'entendait rien à part un léger bruissement de feuilles. J'étais seul. Senna était invisible. Mais elle pouvait être n'importe où, évidemment. Je savais qu'elle avait le pouvoir de se transformer. En arbre, par exemple. Senna pouvait troubler l'esprit des hommes. Prendre n'importe quelle forme. Et aussi lire dans mes rêves. Et à travers eux, percevoir la vérité.

J'avais l'impression d'être mort. D'ailleurs mon cœur l'était, non ? Mort tout en continuant à faire semblant de vivre et de jouer les héros alors que tout le monde s'en foutait.

Chapitre 21

C'est drôle, tout de même. Nous sommes libres. Nous prenons des décisions. Nous pesons le pour et le contre, nous analysons les choses scrupuleusement, nous utilisons notre logique et l'éducation. Et tout ça pour quoi ? Pour réaliser qu'au bout du compte, on n'a pas le choix.

Alors pourquoi se casser la tête ? me direz-vous. Parce que c'est comme ça, tout simplement. Là encore, on ne peut pas faire autrement. Parce qu'on a un logiciel de la marque ADN connecté dès le départ. On a beau réactualiser les données, améliorer le programme, ce ne sont que des changements superficiels. Dès l'instant qu'on sort de l'œuf, qu'on jaillit comme un polichinelle hors de sa boîte, on se retrouve avec le cerveau qu'on a. Son intelligence, ses propres capacités, ses points forts et ses faiblesses.

Mais en prime, on récolte la peur. Des paquets d'angoisse ramassés tout au long du chemin. Et quand un malheur vous tombe dessus à quatre, six ou huit ans, impossible de l'évacuer. On a beau essayer de gommer de sa mémoire les terreurs de l'enfance, leur trace est toujours là, indélébile.

La frayeur que j'avais éprouvée récemment, si grande soit-elle, les horreurs dont j'avais été témoin et que rien ne semblait pouvoir surpasser, tout cela n'arrivait pas à diminuer l'impact du souvenir qui était tapi en moi depuis des années.

Mais c'est la vie. Je suppose que c'est pareil pour tout le monde. J'ai une vieille tante qui déprime chaque année à la même époque, au mois de septembre, parce que ça lui fait penser à la rentrée des classes. Elle a soixante-sept ans et elle angoisse encore à cause de son premier jour d'école, des dizaines et dizaines d'années plus tôt !

C'est d'autant plus triste que les plaisirs de la vie se fanent vite. A mon âge, je n'arrive plus à retrouver l'excitation que je ressentais à six ans en ouvrant un paquet de bonbons. Entre l'ado que je suis et le petit môme que j'étais, il y a un gouffre. Même quand je repense au jour où j'ai dévalé la rampe du parking en skate pour la première fois, ça ne me fait plus d'effet. Impossible de revivre les moments de bonheur passés.

Les plaisirs s'effacent, les souvenirs heureux vieillissent, s'étiolent et finissent par disparaître. La peur, les remords, tous ces trucs-là, ça reste frais.

C'est peut-être pour ça que les gens deviennent enragés quand on fait du mal à un enfant. Les blessures d'enfance ne guérissent pas. Si vous faites mal à un adulte, il s'en sortira. Enfin peut-être. Mais pas un enfant. Un enfant blessé restera marqué à jamais. Perturbé, transformé, traumatisé. Miné par ces traces imprimées pour toujours sur le disque dur de sa mémoire.

Je ne sais pas. Je ne sais plus. J'ai l'impression de connaître de moins en moins de choses. Qu'est-ce que ça donnera quand j'aurai vingt et un ans ? A ce rythme-là, je serai le roi des ignares !

Quoi qu'il en soit, je suis ce que je suis. Je n'ai pas le choix. Inutile de s'apitoyer sur mon sort et sur ma petite personne. Sèche tes larmes et secoue-toi, David.

Après avoir écarté les mèches sales et poisseuses qui me tombaient sur la figure, je me remis en marche. Parce que malgré tout, malgré ce que j'étais, malgré mes problèmes et mes traumatismes, il n'était pas question pour moi de laisser tomber April.

J'étais décidé à retourner voir ce dragon de malheur. Ensuite je libérerais April. Quant aux autres, ils pouvaient penser ce qu'ils voulaient. Qu'ils aillent se faire voir.

Il y avait quand même une bonne chose : je n'avais plus peur (du moins pour l'instant).

Galvanisé par ma résolution, je me mis à marcher d'un bon pas. Je ne m'accordai aucun répit, sauf pour boire quand je trouvais de l'eau sur mon passage ou pour manger des baies ou des oignons sauvages quand la faim me tiraillait trop. J'avais encore le temps mais je ne voulais pas perdre une minute. Nidhoggr pouvait aussi bien accepter que refuser de venir. S'il ne me tuait pas sur-le-champ, je voulais avoir le temps de retourner en Féerie pour faire tout ce qui était en mon pouvoir. Aider Jalil. Attaquer le palais royal. Quoi d'autre encore ? Je n'en savais rien. Tout ce que je savais, c'est que je n'étais pas prêt à abandonner la partie, quel que soit le dernier mot de Gros-Tas-de-Soupe.

Tout en marchant, je réfléchissais. Quand on traverse des bois, des prés, des champs, qu'on est seul, sans personne à qui parler, on a le temps de cogiter.

Jusqu'à maintenant, je m'étais contenté de faire face. Réagir, négocier, faire des compromis. Mais j'en avais marre de tout ça. D'accord, vu les circonstances, je ne m'en étais pas si mal tiré. Quand on patauge dans un marécage infesté de crocodiles, on n'est pas toujours au top de ses capacités.

J'étais encore jusqu'au cou dans les reptiles – en admettant que les dragons en fassent partie. Mais n'empêche : il était grand temps de commencer à réfléchir à long terme. De penser aux autres. A Senna. A un éventuel séjour prolongé dans cet immense asile de fous qu'était Everworld. Mais c'est dur de tirer des plans quand on a rendez-vous avec un monstre cracheur de feu. Et ça, c'était à brève échéance.

Il faisait nuit quand j'arrivai à l'endroit où nous avions rencontré Idalia et les satyres. Cela signifiait que je n'étais plus très loin de la caverne qui menait au repaire de Nidhoggr. Et par conséquent, pas loin non plus du domaine de Hel – ce qui n'était pas ma destination préférée.

J'étais crevé. Claqué. Pas en état de m'aventurer sous terre. J'avais envie de voir le soleil se lever – si ça se trouve pour la dernière fois – avant de m'enfoncer dans les profondeurs de cet obscur royaume. C'est peut-être stupide, mais je ne voulais pas passer directement des ténèbres à l'enfer.

J'entrepris de me faire une sorte de matelas à l'aide de branchages recouverts de feuilles et de mousse. Ça ne valait pas un bon lit dans un Relais et Châteaux, mais c'était mieux que le sol dur, humide et froid. Le problème, c'est que je ne pouvais pas dormir et monter la garde en même temps. De plus, si j'allumais un feu pour éloigner les bêtes sauvages, je risquais d'attirer des satyres ou autres créatures indésirables.

Je finis par m'endormir. Pas de chance : je me retrouvai en plein cours de math. A l'heure du déjeuner, je filai parler à April. Elle allait bien, me dit-elle, parlant de l'autre April. Elle allait bien, mais elle était complètement terrifiée, désespérément seule et dans une colère pas possible. Je lui dis qu'on s'occupait d'elle. Que Jalil, Christopher et moi, on faisait tout pour la sortir de là. Ça lui remonterait peut-être un peu le moral de savoir ça.

A mon réveil, je basculai de nouveau dans Everworld. J'étais transi. Je frissonnais, je claquais des dents. Pourtant il ne faisait pas si froid. Alors quoi ? J'avais la gorge sèche, le corps secoué de tremblements incontrôlables. C'était clair : j'avais de la fièvre. Et le premier cachet d'aspirine se trouvait à des années-lumière. Non. Faux : April avait de l'aspirine. Je n'avais qu'à aller lui en demander... April ? Tu veux bien me passer un comprimé ? Mais non. Impossible. Elle était loin, elle aussi. Ailleurs. Quelque part.

J'étais malade. Malade comme un chien. Trop mal en point pour avoir les idées claires. Mon ventre se mit à gargouiller. Il ne manquait plus que ça. Je réussis à me mettre à quatre pattes, à m'éloigner de ma couche et à défaire tant bien que mal la ceinture de mon pantalon...

Je me réveillai dans le parc. Les aires de jeux étaient envahies par les enfants. Il faisait un temps superbe. Je marchais en plein soleil. Non. Je courais, torse nu, pour rattraper la balle de base-ball.

Englué dans ma propre puanteur. Il faisait nuit. Les tremblements s'étaient arrêtés. Je ne frissonnais plus, je crevais de chaud. Enlever mes habits ? Non, pas une bonne idée. Je cherchai mon épée à tâtons. Ouf. Toujours là.

De nouveau dans l'ancien monde. Bien éveillé, les yeux grands ouverts, en pleine forme. Normal, quoi. Le David du monde réel comprenait ce qui se passait. Celui d'Everworld était malade, en plein délire, passant du sommeil à l'éveil, d'un univers à l'autre.

Je me faisais du souci pour lui. Pour moi. Le David qui crachait ses tripes et ses boyaux. Si jamais quelqu'un se pointait, il pourrait faire ce qu'il voulait de moi. J'étais incapable de me défendre, totalement vulnérable. Aussi faible qu'un nouveau-né.

Je raccrochai le téléphone. Jalil n'avait pas eu de

contact avec l'autre. Pas de nouvelle mise à jour. Le Jalil d'Everworld travaillait comme une brute, vingt-quatre heures sur vingt-quatre. Je lui demandai d'essayer de prévenir son autre lui que l'autre moi était malade et qu'il ne fallait pas compter sur lui.

Les arbres. Il fait sombre. Un visage penché sur moi. Senna ? Senna avec ses grands yeux gris pleins d'inquiétude. Non. Hallucination. Rêve. Souhait. Tout ça à la fois.

Mon moi du monde réel était épuisé. C'était fou ! Un flash d'infos spéciales toutes les demi-heures. Et c'était comme ça depuis deux jours. Combien de temps s'était-il écoulé à Everworld ? Depuis combien de temps étais-je allongé là, malade à en crever ? Secoue-toi, bon sang ! Fais quelque chose ! Tic tac, tic tac... Mon cœur de rubis allait s'embraser et me brûler de l'intérieur. Que se passerait-il alors pour l'autre David ? Est-ce qu'il mourrait, lui aussi ? Impossible de savoir. Peut-être qu'après ça, je serais délivré d'Everworld et de sa folie ; libéré de ses dieux, de ses mythes, de ses extraterrestres. Mais si l'autre David – celui du monde réel – me survivait, comment continuer à faire semblant de vivre normalement, suivre une voie toute tracée, aller au collège, au lycée, passer des examens, trouver un boulot et supporter une existence qui me fatiguait d'avance ?

Everworld. Sueurs froides. Nausées. Plus rien à vomir à part de la bile. Et la pluie qui tombe à verse. Je suis allongé sur le dos, dans la boue, la bouche grande ouverte pour tenter d'étancher ma soif. Les heures passent. La pluie sur mon visage, sur ma poitrine, sur tout le corps. L'eau pénètre dans mes yeux et mes oreilles. Et tombe goutte à goutte au fond de mon gosier sec comme un croûton de pain rassis.

Monde réel. Mon père m'emmène faire un tour sur le lac Michigan. C'est un ancien copain de la Marine qui lui a prêté son bateau. Cap au sud, histoire d'admirer les gratte-ciel de Chicago, la silhouette élancée de la Sears Tower.

Faire semblant de suivre la conversation avec mon père, digérer les dernières informations d'Everworld tout en appréhendant la suite. Transpirer alors qu'il ne fait pas chaud, par osmose avec ma propre souffrance.

Tic tac. Je sais que tu es malade mais lève-toi, bon sang ! Mets-toi debout, sinon tout est fichu !

Jalil. Maintenant c'était à lui de jouer, et à lui seul. A lui de nous sauver du feu de Nidhoggr et du reste. Mais il ne pouvait rien pour April. On en était tous conscients. Grâce à son télégraphe, Jalil arriverait peut-être à racheter les jouets de Nidhoggr, mais April finirait chez Ka Anor.

Je regarde mon père. Ça fait longtemps qu'il n'est plus dans la Marine, mais il a toujours l'air d'un militaire. En avant les gars !

Pas question de laisser tomber l'un de nous. On s'en sortira tous.

Tu parles, p'pa ! Comme disait notre ami le lutin : tout ça, c'est de la bouse de vache.

Chapitre 22

Debout. J'avais réussi à me mettre debout. Ou plutôt à me traîner. A ramper sous le soleil qui me tapait sur la tête à travers les branches. Est-ce que j'étais éveillé ? Maintenant, oui. Mais je devais être encore à moitié comateux quand j'ai commencé à bouger. La pluie s'était arrêtée. A présent, la boue durcissait au soleil et je rampais. Où étaient passés mes habits ? Est-ce que je les avais enlevés pendant que j'avais la fièvre ? J'étais en short de gym, comme quand nous avions traversé la première fois. Et mes chaussures ? Je n'en avais plus qu'une. Non. L'autre était là, dans ma main.

Dans ma tête, je revis les satyres en train de rigoler. Senna, l'air inquiète. April en train de me tendre un cachet d'aspirine. Des flashes. Des hallucinations. Du moins en partie.

Je rampais dans l'ombre des grands arbres. J'avais réussi à retrouver mon épée, à la remettre dans son fourreau et à me l'accrocher à la taille malgré mes doigts engourdis.

Ça m'avait pris une bonne demi-heure. Et maintenant je croulais sous son poids.

Je continuai à ramper, puis je m'arrêtai. J'avais soif. Je crevais de faim. Plutôt bon signe, non ?

Une bonne soupe au poulet... Tu parles. La bonne soupe de ma maman sortait directement d'une boîte de conserve. Si seulement je pouvais ouvrir une boîte avec mon épée !

Il n'y avait plus de soleil. J'étais dans l'ombre. Je m'endormis.

A mon réveil, j'étais à Everworld, parfaitement conscient. De nouveau moi-même. Enfin... l'un des deux « moi ».

Je me mis debout, tremblant, chancelant. Je faillis m'écrouler. Je m'appuyai sur la paroi de la grotte.

– Pourvu que ce soit la bonne, grognai-je d'une voix rauque.

J'avançais tant bien que mal. Je trébuchais, je me cassais la figure et je me relevais. Tant pis pour mes mains en sang et mes genoux en compote. J'avais de nouveau froid, mais ce n'était pas à cause de la fièvre. J'étais à moitié nu et il devait faire dix degrés dans cette obscure galerie.

Je m'endormis à plusieurs reprises. Au moins deux. Le David du monde réel frôlait la crise de nerfs. Il était / j'étais affolé. Incapable d'agir. Impuissant. Lui comme moi. Moi comme lui. Il s'inquiétait pour moi et moi aussi. Les derniers flashs d'infos l'empêchaient de se concentrer sur la réalité. Et juste après ça, une autre hallucination troublante et je repartais pour deux heures de marche entrecoupée de chutes.

Et pour couronner le tout, de brefs contacts avec April, complètement désespérée. Et Christopher qui me disait : « Non, mec, ça ne va plus du tout. On a des problèmes. »

Et pendant que je continuais, pendant que je m'enfonçais dans les entrailles des Enfers, ce n'était pas la vision de Nidhoggr qui se dressait devant moi, qui m'assaillait tel un cauchemar ambulant. C'était Hel. Nidhoggr pouvait me tuer, d'accord. Mais je savais que Hel pouvait faire cent fois pire.

Malgré tout, je reprenais peu à peu des forces. J'avais toujours une faim terrible. Un peu moins soif après avoir léché la condensation sur les murs. Je me rappelais ce que Senna m'avait dit à propos de Perséphone. Comment elle avait été enlevée par Hadès, emmenée au royaume des Enfers, puis condamnée à revenir chaque année sur Terre, tout ça parce qu'elle avait rompu le pacte : ne rien manger sur place.

Belle histoire. Peut-être vraie. Je m'en fichais. Hel m'avait faire boire dans sa main.

Plus je m'enfonçais dans le tunnel, plus je me rapprochai d'elle. Et du dragon par la même occasion. Si ça se trouve, j'allais rester sous terre pour toujours. Je ne réussirais jamais. Et si Jalil finissait par y arriver, ce serait pour du beurre.

A propos de Jalil, où était-il ? Et Christopher ? Ils auraient déjà dû être là, avec les talismans magiques du Daghdha.

Mais non. J'étais tout seul. Christopher m'avait dit un truc, la dernière fois qu'on était entré en contact dans le monde réel. Qu'est-ce que c'était déjà ? Impossible de m'en souvenir. J'avais de la bouillie dans la tête. De la sauce blanche à la place du cerveau.

Tu t'es gouré de tunnel, pauvre crétin ! Voilà pourquoi il n'y a personne !

Et tout à coup, au détour d'un virage, une salle immense. Une grotte gigantesque remplie de tous les joyaux du monde et de plus d'or que n'en aurait contenu Fort Knox.

– Nidhoggr ?... murmurai-je.

Pas de réponse. Je commençai à escalader la montagne d'or et c'est alors qu'il s'aperçut de ma présence. Jaillissant de son trésor, il se dressa de toute sa hauteur et arqua son long cou au-dessus de moi. Du venin dégoulinait par litres de ses crochets et, dans un affreux chuintement, se frayait un passage à travers les lingots qui fondaient comme au contact d'un jet de napalm.

– Alors, humain ? me dit-il. Je ne vois pas ma pierre, ma lance, mon épée ni mon chaudron.

– Non, répondis-je aussi fort que possible.

– Tu n'as pas l'air bien.

– Non.

– Tu n'as plus que quelques heures devant toi, humain. Le rubis ne va pas tarder à te brûler les entrailles.

Je hochai la tête.

– Je sais. Mais je sais aussi comment vous pourriez récupérer vos affaires.

Le dragon me foudroya du regard.

– C'est pour me dire ça que tu es revenu ? Pour me pousser à tomber dans le piège des Féeriens ?

– Non ! Je connais leur piège. Ils sont alliés aux Hetwan. C'est d'ailleurs à ce sujet que je voudrais vous parler.

Nidhoggr écarquilla les yeux et ses immenses pupilles s'allongèrent de surprise.

– Les gens de Féerie veulent votre trésor, repris-je. De leur côté, les Hetwan veulent envahir le Monde Souterrain sans avoir à se battre avec vous, vous me suivez ?

Le dragon hocha la tête lentement, comme un ballon dirigeable prenant et perdant doucement de l'altitude.

– C'est donc ça... Les Hetwan. Ka Anor. Il a des vues sur Hel.

– Exact. D'après ce que je sais, les Hetwan ont aidé les Féeriens à construire une arme capable de vous abattre en plein vol si jamais vous vous pointiez dans leur royaume.

– Quel genre d'arme ?

– Vous le saurez une fois que nous aurons conclu un marché.

– Le marché, c'est que je te laisse la vie sauve ! hurla le dragon dans un rugissement qui m'envoya valser cinq mètres plus bas.

Il me fallut un moment pour me relever.

– Le marché, c'est que vous fassiez sortir mon amie du cachot où l'ont enfermée le roi et la reine de Féerie.

– Quelle amie ? me demanda Nidhoggr. La rouquine ou la sorcière ?

– La rouquine.

Le ballon dirigeable oscilla de nouveau.

– Bon choix. Avec les sorcières, on n'a que des ennuis. Elles ont le cœur dur. Si j'avais voulu remplacer son cœur, à celle-là, j'aurais dû prendre un diamant.

Je faillis éclater de rire. Nidhoggr avait épargné Senna par pure radinerie !

– Voilà ce que je vous propose : vous libérez April – je veux dire la rouquine – et vous nous rendez nos cœurs, à moi comme à mes amis. En échange, je vous indique comment flanquer une frousse d'enfer aux lutins, et vous récupérez vos affaires sans prendre le moindre risque.

Le dragon prit le temps de réfléchir à mon offre.

– C'est entendu. Tu as ma parole, me dit-il enfin. Je le jure sur toutes les écailles de mon corps !

– Ouais... C'est bien joli, mais j'aimerais mieux que vous fassiez un serment que vous n'oserez pas briser. Que vous juriez sur votre trésor, par exemple. C'est ça : votre parole contre votre trésor.

– Ah... Bon. Alors je le jure sur mon trésor.

Je tenais à peine sur mes jambes et je faisais tout mon possible pour ne pas tomber à la renverse.

– Ils ont construit des flèches à pointe de diamant,

expliquai-je à Nidhoggr. D'immenses flèches déguisées en tourelles. Elles sont regroupées au centre du palais. Pratiquement impossibles à repérer. Je vous laisse imaginer les dégâts si vous survoliez le palais...

– Mais si je ne peux pas m'approcher du palais, comment faire pour récupérer mes chers trésors ?

– Oubliez le palais. Le palais, la cité, tout ça c'est sans importance. Il n'y a qu'une chose qui compte pour les gens de Féerie. Ce sont des hommes d'affaires, mon grand ami.

Chapitre 23

Le dragon décida de me croire. Je ne sais pas, peut-être qu'il avait le don de faire la part entre le mensonge et la vérité – il avait bien deviné que Senna était une sorcière. Ou alors c'était autre chose, un truc qu'on avait déjà remarqué : contrairement à nous, les créatures d'Everworld sont assez crédules. C'était un de nos maigres avantages.

Le grand dragon m'ordonna de grimper sur sa tête. Je lui dis que j'avais besoin de manger avant. Comme par enchantement, deux serviteurs trolls surgirent alors avec une miche de pain et un morceau de fromage.

Ensuite ils m'aidèrent à escalader la pente escarpée, tortueuse et incrustée de diamants qu'était la mâchoire du monstre. A présent, Nidhoggr avait hâte de partir. Les gens de Féerie s'étaient fichu de lui, mais il n'était pas du genre à se laisser ridiculiser. Ce n'est pas pour rien qu'il était devenu ce qu'il était : énorme, riche et puissant. Il voulait sa revanche.

Je m'installai derrière le pare-brise formé par son

arcade sourcilière gauche, un mur d'écailles bombé qui ressortait à peine au milieu des diamants, des rubis et des émeraudes qui paraient son corps.

Le dragon déploya des ailes grandes comme un terrain de foot. Contrairement au reste, elles n'étaient pas couvertes de pierres précieuses et de joyaux. On aurait dit des ailes de ptérodactyles, membraneuses et primitives. Mais si larges fussent-elles, je me demandais – avec ma petite logique bassement humaine – comment elles allaient pouvoir soulever une masse aussi importante.

Nidhoggr colla son groin à l'entrée de la grotte et se mit à souffler. Aussitôt, un flot de magma en fusion vint obstruer le souterrain. Je me recroquevillai pour me protéger de la chaleur, mais je sentis mes cheveux roussir.

– Comme ça, mon trésor sera à l'abri pendant mon absence, déclara Nidhoggr avec satisfaction.

Puis ses ailes à la fois si vastes et si petites s'agitèrent mollement, et il s'éleva à la verticale le long du puits du volcan. De plus en plus haut, pas très vite, mais tout de même à une vitesse acceptable étant données les circonstances totalement irrationnelles de cet envol. Arrivé en haut du cratère, il déboucha à l'air libre dans la lumière rosée du petit matin, telle une baleine bleue émergeant des eaux grâce à de lents et gracieux battements de nageoires.

Nidhoggr poursuivit ensuite son ascension tout en fouettant l'air de sa longue queue barbelée. Ainsi propulsé par ses ailes et sa queue de têtard géant, le fabuleux dragon scintillant d'or et de diamants traversa majestueusement le ciel.

Coincé comme j'étais entre deux replis de peau, il m'était difficile de profiter de la vue. Dommage. J'aurais bien voulu voir la réaction des créatures d'en bas en sentant passer cette ombre démesurée au-dessus de leur tête. En revanche, je pouvais les imaginer. Humains, extraterrestres, elfes, nains, satyres, nymphes, fées et lutins. J'étais sûr qu'en levant les yeux, ils n'en menaient pas large. Le vol de Nidhoggr ne pouvait laisser personne indifférent. Même Loki, Hel ou Huitzilopochtli.

J'étais perché sur un 747 qui crachait du feu et qui volait au ras des arbres !

Après avoir mangé un morceau de pain et un bout de fromage, je me sentis soudain nettement mieux. Est-ce que c'était des aliments magiques ou bien le simple fait de reprendre des forces ? Quoi qu'il en soit, j'étais en pleine forme.

Au bout d'une heure, nous atteignîmes la frontière de Féerie. Cette fois, pas question de payer un droit d'entrée au lutin gourmand !

– Rappelez-vous : ne vous approchez pas du palais ! hurlai-je à l'oreille de mon imposant convoyeur. Survolez le marché. C'est leur talon d'Achille. La prunelle de leurs yeux !

Le dragon modifia son plan de vol, obliquant paresseusement vers la droite. Je me risquai à grimper au sommet de son arcade sourcilière. A présent, je voyais mieux ce qui se passait.

Sur la place du marché, c'était la panique. Hommes, nains, elfes, lutins : tout le monde courait et s'agitait dans tous les sens. Une vraie débandade ! Le dragon s'amusait à voler en cercle et presque en rase-mottes. Le vent qu'il soulevait sur son passage arrachait les stores et les auvents des boutiques, faisait valser les fruits et les légumes de l'étalage. Dans leur fuite éperdue, commerçants, maraîchers, vendeurs, acheteurs, appariteurs et négociants trébuchaient sur les choux, les betteraves, les rouleaux de tissu et autres marchandises qui encombraient les ruelles et les avenues.

– Prévenez le roi et la reine ! grogna Nidhoggr.

– ... et mes amis, ajoutai-je d'une voix presque inaudible.

– Et dites-leur de libérer la rouquine !

Instantanément, une armée de lutins se rua vers la cité. A mon avis, ce n'était pas la peine : quand bien même les sentinelles du palais n'auraient pas encore repéré le dragon, sa voix tonitruante qui portait à cinquante kilomètres à la ronde n'aurait pas manqué de les avertir de sa présence !

– Vous voyez ces tourelles, là-bas ? demandai-je, à moitié assourdi.

– Oui, parfaitement, me répondit Nidhoggr. Voilà donc le piège qu'ils me destinaient ! C'est bien, petit humain, tu as tenu parole et tu m'as dit la vérité. A mon tour de respecter notre engagement.

D'un puissant coup d'aile, il passa au large du palais et survola la campagne environnante, s'amusant à carboniser au passage quelques troupeaux de moutons. Soudain, nous vîmes un carrosse rutilant quitter le palais à toute allure. Le dragon décida alors de se poser au beau milieu du marché, écrasant sans complexe une grande partie des bâtiments.

L'attelage royal, composé de huit chevaux à huit pattes et escorté d'une centaine de lutins armés jusqu'aux dents, s'arrêta prudemment à cent mètres du museau de Nidhoggr. Précaution dérisoire puisque le dragon pouvait balayer tous ces fiers guerriers d'un simple souffle.

Le roi descendit de son carrosse. Il avait l'air plutôt nerveux. Derrière lui, le Hetwan.

Mon sang se figea dans mes veines. Les Hetwan s'étaient-ils déjà emparés d'April ?

– Nous sommes fort honorés de votre présence, Grand Nidhoggr, déclara le roi d'une voix mielleuse et enjôleuse à souhait.

Mais Nidhoggr se contrefichait du protocole.

– Je veux ma pierre, ma lance, mon épée et mon chaudron.

Avec une mimique à faire pâlir d'envie le meilleur acteur du cinéma muet, le roi se mit à rouler des yeux stupéfaits.

– Franchement, je crains de ne pas comprendre, cher grand Nidhoggr...

Le dragon tourna alors la tête et exhala un léger souffle. Presque un soupir.

Un torrent de magma s'échappa de sa gueule. Des langues de feu rouges et noires coulèrent dans la rue, léchant les murs des boutiques qui s'embrasèrent aussitôt dans un rugissement d'air et de flammes. Rongés par le napalm, des pans de murs entiers s'écroulaient à grand fracas tandis que le flot incandescent poursuivait son chemin, ne laissant que ruine et désolation sur son passage.

Satisfait de sa petite démonstration, Nidhoggr se tourna de nouveau vers le roi.

– Je réduirai ce marché en cendres, et vous avec, si vous ne me rendez pas mon bien. Et ne comptez pas sur moi pour survoler votre palais, Majesté, votre piège ne marchera pas !

Le Hetwan ne broncha pas, mais le roi ne put s'empêcher de frémir.

– En effet... nous avons euh... récemment appris que certains objets vous avaient été dérobés, grand Nidhoggr. Bien entendu, nous ignorions tout de ce crime, mais nous venons d'arrêter les coupables. Par les temps qui courent, les voleurs rôdent partout, hélas !

– Jusqu'au cœur des palais les plus raffinés, ajouta sèchement le dragon.

Sans se détourner, le roi agita fébrilement la main et un chariot s'avança. Des lutins ôtèrent la bâche qui le recouvrait, faisant apparaître une pierre – assez banale, ma foi – de la taille d'un tonnelet de bière, ainsi qu'une lance, une épée et un vieux chaudron cabossé, rempli jusqu'à ras bord d'un épais ragoût peu ragoûtant.

– Voici votre bien, déclama le roi.

– Merci, Majesté.

– Et mes amis ? m'écriai-je.

Pour la première fois, le roi sembla s'apercevoir de ma présence. Ses yeux passèrent de moi au dragon, et inversement.

– Certes, je me ferai un plaisir de vous rendre les deux mâles, avança-t-il prudemment. Malheureusement, nous avons déjà cédé la jeune sorcière au Hetwan ici présent. Il m'en a offert un bon prix. Même un très bon prix, si j'ose dire. Et comme le contrat est déjà signé...

Il haussa les épaules.

Je voulus protester, mais Nidhoggr intervint à ma place. On aura beau dire ce qu'on voudra, ce vieux monstre savait tenir ses promesses.

– Le Hetwan vous a-t-il payé l'équivalent de ce beau marché que voici ? grogna-t-il.

– Je... je ne comprends pas ce que...

C'est alors que la reine descendit du carrosse. La tête haute, elle s'avança vers le dragon, le considéra avec un air plein d'arrogance et de courroux, puis elle se tourna vers son époux et lança vertement :

– Rendez-lui donc cette fille, imbécile ! Vous ne voyez pas qu'il est prêt à vous tuer et à raser le marché – ce qui est encore pire.

– Non, objecta le Hetwan en faisant un pas en avant.

La reine prit le roi par le bras et, d'un signe de tête éloquent, ordonna à ses gardes de reculer. Le Hetwan se retrouva seul, en première ligne.

– La sorcière appartient à mon maître, déclara-t-il.

Nidhoggr se mit à rire. Après quoi il déversa l'équivalent de cent barils de napalm sur le serviteur de Ka Anor.

L'extraterrestre ne poussa même pas un cri. Mais les craquements et les grésillements de son corps dévoré par les flammes étaient suffisamment odieux à entendre. Tandis qu'il se consumait dans une ignoble odeur de pneu brûlé, ses trois mandibules continuaient à s'agiter frénétiquement, comme si elles cherchaient à happer d'invisibles proies.

– Tu ferais bien d'apprendre à reconnaître une vraie sorcière, pauvre incapable ! cracha Nidhoggr à la face de sa victime.

La tête du Hetwan finit par rouler par terre et ses yeux éclatèrent comme des grains de pop-corn. Deux secondes plus tard, son crâne explosa sous l'effet de la vapeur et de la pression accumulées à l'intérieur.

Chapitre 24

On quitta le pays sans encombre, mais en passant par la frontière opposée. De ce côté-ci, plus de buissons d'épines mais de grands massifs d'arbres. En revanche, le lutin-douanier qui montait paresseusement la garde était tout à fait identique au premier. Après avoir tiré sur sa longue pipe en bois clair, il nous souhaita «bien l'bonjour braves gens», puis se renversa dans son fauteuil et nous fit signe de passer.

Nous étions entrés à cinq en Féerie, nous ressortions à quatre. Je m'étais promis de ne laisser personne derrière et j'avais abandonné Senna. D'accord, elle ne faisait pas vraiment partie du groupe. Mais partie de moi, oui, c'est clair. Peut-être même pour toujours. Je savais que je finirais bien par la retrouver pour tenter de la sauver de son pire ennemi : elle-même.

– Alors comme ça, ton télégraphe n'a pas fonctionné ? dis-je à Jalil alors que nous laissions Féerie derrière nous.

– Oh, si ! Super bien. Ambrigar est en passe de

devenir une des plus grosses fortunes du pays et il nous a largement récompensés. Pour récupérer les quatre babioles de Nidhoggr, c'était gagné d'avance. On était arrivés à négocier le prix. Mais ils ne voulaient pas lâcher April. Pour rien au monde.

– Pourquoi n'êtes-vous pas retournés chez Nidhoggr pour lui rendre ses chers objets ? lui demandai-je.

Jalil haussa les épaules.

– Si on avait fait ça, on aurait sauvé notre peau mais pas celle d'April. Elle serait tombée dans les pattes du Hetwan et c'était fichu. Et puis on s'est dit... – enfin, c'est plutôt Christopher qui me l'a fait remarquer – que ton fameux plan bis n'avait aucune chance de marcher si Nidhoggr récupérait son bien avant.

– Plus de monnaie d'échange, mec, confirma Christopher. Gros-Tas-de-Soupe ne voulait qu'une chose : récupérer ses trucs. Pour que ton plan marche, il fallait qu'il soit encore en état de manque !

Il me fallut une ou deux minutes pour digérer tout ça. Apparemment, leur raisonnement se tenait.

– Ils ont tout fait pour me sauver, déclara April d'une voix émue. Toi aussi, tu as tenté le tout pour le tout, David...

Puis elle ajouta d'un ton léger :

– Moi qui vous prenais pour des crétins finis, je suis bien coincée maintenant ! Comment je vais faire pour vous traiter de tous les noms après un coup pareil ?

On éclata tous de rire. C'était la première fois depuis longtemps.

– Bah ! Faut pas exagérer, y'avait pas beaucoup de risques, reprit Christopher. On avait une confiance aveugle dans notre chef, on savait qu'il réussirait à nous sortir de là !

– Ha ha, très drôle...

– Mais c'est vrai ! On avait placé tous nos espoirs en toi, David. Au début, on était persuadés que ton plan allait marcher. C'est seulement après qu'on a commencé à s'inquiéter. Quand on apprit, quelques heures plus tard, que tu étais malade, en plein délire, en train de te vider par tous les bouts. Là oui, on a eu des doutes. Et la nuit dernière, pendant que je faisais les cent pas en attendant que cette saleté de rubis nucléaire m'explose la poitrine, je peux te dire qu'on était un peu nerveux et qu'on a eu des mots un peu durs pour toi.

Jalil approuva de la tête.

– Si je me souviens bien, on t'a traité de pathétique crétin prétentieux... de faux mec qui se la coule douce en faisant des cochonneries avec une sorcière... et de sale lâcheur qui se fout de nous voir transformés en barbecues ambulants. Mais ça, c'était quand on avait encore de l'espoir. Les vraies vacheries sont venues plus tard.

– Et Senna, qu'est-ce qu'elle est devenue dans tout ça ? demanda subitement April.

– Je n'en sais rien.

A mon avis, elle était sûrement persuadée du

contraire et les autres aussi, mais tant pis. Pour l'instant, j'avais la cote alors autant en profiter. Surtout que c'était une situation précaire, je le savais bien. Je dégringolerais de mon piédestal au premier faux pas. Ou dès l'instant que Senna se repointerait dans ma vie.

– Si je comprends bien, ta super installation télégraphique ne t'a rien rapporté, dis-je à Jalil. Enfin... On est en vie, c'est le principal. Mon petit cœur fait boum boum, que demander de plus, hein ?

Il y eut un silence. Un long silence. Le genre de silence qui précède la révélation du siècle.

Je jetai un coup d'œil à Jalil, puis à Christopher. Ils avaient tous les deux un sourire jusqu'aux oreilles.

– Eh bien quoi ?

Jalil ralentit le pas pour passer derrière April. Je le vis plonger la main dans son sac à dos et en tirer une poignée de diamants. On était loin des bouchons de carafe de Nidhoggr, mais c'était quand même pas mal.

– La vaaaaaache !

– Ouais, on est riches, mon pote. Le seul ennui, c'est qu'on ne peut pas aller faire nos courses au marché. Non seulement on s'en éloigne, mais en plus ça m'étonnerait qu'on nous accueille à bras ouverts. Je crois qu'ils n'apprécient pas beaucoup nos fréquentations, là-bas : des sorcières, des dragons, tout ça... c'est plutôt mal vu au pays des Fées.

On continua à marcher sans faire de halte en chemin. Peu avant la tombée de la nuit, le paysage commença à changer. Le royaume de Féerie semblait bien loin à présent. Le soleil était déjà couché depuis longtemps lorsqu'on décida de s'arrêter pour dormir.

Il faisait noir comme dans un four. Trop noir pour s'apercevoir de l'étrangeté surnaturelle des arbres, des herbes et des fleurs qui nous entouraient, spectacle dont jamais aucun être humain n'avait dû faire l'expérience.

On profita d'un instant de paix. Les véritables moments de paix sont très rares à Everworld. Comme partout ailleurs, sans doute.

Je levai la tête pour regarder la lune. Était-ce la nôtre ou bien un fac-similé d'à peu près bonne qualité ? C'était peut-être une illusion de plus. En tout cas, ça ressemblait à la lune et c'était déjà bien. La lune. Blanche. Brillante. Apaisante.

Jusqu'au moment où j'aperçus les ombres qui traversaient sa face lumineuse.

Jalil n'était pas loin de moi. Il regardait en l'air, lui aussi.

– Jalil... Est-ce que tu...

– Oui, je vois, murmura-t-il. Je les vois...

De sombres créatures se déplaçaient en deux colonnes bien rangées. On aurait pu les prendre pour d'énormes chauves-souris. Dans un autre univers, oui. Mais celles-ci appartenaient à une espèce particulière. En voyant leurs yeux à facettes, leurs ailes arachnéennes et leurs mandibules avides, sans cesse en mouvement, nous comprîmes que nous avions affaire aux redoutables serviteurs du dieu dévoreur.

Des légions entières de Hetwan se déployaient au-dessus de nous et de tous les côtés. D'un pas alerte et joyeux, nous étions allés nous fourrer dans un guêpier dont personne n'aurait osé s'approcher, même les immortels les plus puissants.

En d'autres termes : nous avions pénétré sur les terres de Ka Anor.

Découvrez vite un extrait des autres livres de la série

EverWorld

EverWorld I

A la recherche de Senna

La bagarre a commencé au Taco Bell, un snack où déjeunent beaucoup d'élèves de terminale et quelques premières, dont je fais partie. J'ai du mal à trouver ma place ici, comme partout d'ailleurs.

Je suis nouveau dans un lycée où presque personne ne l'est. Pas un nouveau parmi d'autres, mais le nouveau. Et pire encore, je suis le nouveau qu'on a aperçu dimanche dans sa voiture en compagnie de Senna Wales, sur le bord du lac Michigan.

C'était stupide de ma part. Je n'aurais pas dû narguer Christopher. Je n'étais pas certain qu'il nous avait vus. Mais, au beau milieu d'un mois de septembre pluvieux, lorsque le soleil montre enfin le bout de son nez un dimanche, il ne faut pas être un génie pour deviner que presque tous les jeunes seront à traîner dans le coin.

J'avais conduit Senna là-bas dans ma grosse vieille Buick que j'avais décapotée. Elle était assise près de moi sur la banquette de cuir blanc tout craquelé. Ses longs cheveux blonds volaient au vent. Senna a un visage très pâle et les lèvres de Julia Roberts. Ses yeux ont la couleur des nuages gorgés de pluie qui avaient envahi le ciel pendant des semaines et qui allaient certainement revenir dès le lendemain.

J'étais descendu au lac en sachant pertinemment que quelqu'un nous verrait. Dans quel but ? Je l'ignore. Comme d'habitude, rien de plus qu'un besoin de frimer, sans doute. J'étais avec Senna et je voulais que tout le monde le sache. Je voulais qu'on dise : « Whouah ! David Levin, le nouveau, il sort avec Senna Wales. »

Comme si ça avait de l'importance.

Je souhaitais peut-être juste que Christopher nous voie. Christopher qui était sorti très longtemps avec Senna. Lui, le vanneur de service. Il avait fait hurler de rire la moitié de la classe d'anglais un jour où je lisais tout haut un poème que le prof nous avait demandé d'écrire.

Christopher est drôle. Il a un réel talent pour la raillerie. Vous savez que quelqu'un est doué pour ce genre d'humour quand des semaines après vous sentez encore la brûlure des vannes qu'il vous a lancées.

Senna n'était pas la fille la plus appréciée du lycée, pas même la plus jolie. Beaucoup de garçons avaient peur d'elle. Il y avait toujours chez cette fille une espèce de froideur, de distance, comme si elle vous regardait à travers un voile. Elle pouvait vous voir, mais vous, vous n'arriviez pas à distinguer d'elle autre chose qu'une ombre.

Certains mecs en avaient la trouille. Et moi ?

(à suivre)

EVERWORLD 2

LE PAYS PERDU

Dans le monde réel, les Vikings n'ont jamais fait la guerre aux Aztèques.

Mais ce n'était pas le monde réel.

Je serrais dans ma main une épée. Mes doigts étaient tellement crispés sur la poignée que le sang avait cessé de circuler dans mes phalanges.

Je respirais par saccades. Il entrait si peu d'air dans mes poumons que j'aurais dû tomber dans les pommes. Je devais respirer, mais je ne pouvais pas. Il aurait fallu pour cela que je soulève ma poitrine, que je dénoue mon estomac. Je n'y arrivais pas.

Mon corps n'était plus qu'étaux, des étaux se refermant sur d'autres étaux, tous vissés à fond, à en faire craquer les os et hurler les muscles.

Je courais. Les jambes raides, comme une marionnette. J'étais sans doute bizarre à regarder. J'avançais par grands bonds étranges, et mes genoux tantôt me portaient, tantôt se dérobaient sous moi.

Zoom arrière sur la scène. Si vous élargissez le cadre, vous verrez que je n'étais qu'un idiot terrorisé de plus dans une foule qui en comptait des milliers. Ils étaient tout autour de moi, devant, derrière et sur les côtés. Grands, barbus, vêtus d'armures disparates, des casques sur la tête, ils balançaient leurs haches, agitaient leurs épées, criaient, vociféraient, couraient, couraient et tombaient, puis se redressaient pour charger encore, toujours hurlant à pleins poumons.

Je remontais la plage. Mes pieds foulaient le sable chaud et s'enfonçaient à chaque pas. Le sable m'aspirait. Il essayait de m'arrêter, de me retenir dans ma course suicidaire. Mais tout autour de moi, ce n'était que folie. Des hommes livrés à la rage frénétique du combat. Avides de tuer. Assoiffés du sang qui imprégnerait le sable. Pas le leur, bien sûr, en effet quel imbécile s'est jamais lancé dans la bataille en se disant que c'est lui qui allait mourir ? Le film qui se joue dans votre tête vous montre sous les traits d'un héros pourfendant bravement les méchants. Vous ne gardez que la hardiesse et occultez la vision de vos intestins répandus au soleil.

Ce n'est pas mon film. Je ne suis pas un romantique.

Je courais. David courait. Près de moi, à quelques mètres. Nous dérapions et trébuchions, parfois nous rapprochant, parfois nous écartant l'un de l'autre. A droite de David se trouvait Jalil. Il demeurait un peu en retrait en garçon raisonnable qu'il est.

April ? Elle était restée derrière, sur le bateau. Sur un des drakkars vikings qui s'étaient échoués, tel un banc de baleines égarées, sur toute la longueur de la grève...

(à suivre)

EVERWORLD 3

L'ENCHANTEUR

J'étais loin de chez moi.

Aucun être humain ne pourrait aller plus loin. Ce n'était pas une terre lointaine, mais un endroit à part, hors de toute réalité, isolé.

Il n'y avait plus rien de normal. La normalité est un concept du monde réel.

Ici, le concept clé, c'était «magie». Pas dans le genre « Ah, la magie du clair de lune !» Magie dans le sens où la relation de cause à effet ne reliait pas toujours une cause à un effet. Le genre de magie qui invalide tous les savoirs humains, qui annule dix mille ans d'expérience humaine.

En général, tout est soumis à la pesanteur. Eh bien, ici, pas toujours. Ce qui est normalement impossible : on ne peut pas allumer ou éteindre la pesanteur comme on veut, ou sinon ce ne serait plus la pesanteur. Si la pesanteur fonctionnait par intermittence, allait et venait, il y aurait des trucs qui volent, alors qu'ils ne devraient pas voler.

Comme les dragons, par exemple.

Impossible de soulever un truc aussi lourd et dense qu'un dragon, avec toutes ces écailles, tous ces muscles, tous ces os bien compacts. Sûrement pas avec ces ailes comme du cuir, du genre ptérodactyle, et qui ne représentaient pas le dixième, même pas le centième de ce qui aurait été nécessaire pour élever ce monstre, cette machine à tuer, dans les airs.

Un éléphant avec des ailes. Jumbo, mais en nettement moins mignon.

Et le feu. Comment du feu pouvait-il brûler à l'intérieur d'une créature vivante ? Absurde. Ridicule. Il venait d'où, ce feu ? De son estomac ? De ses intestins ? De son foie ? Des flammes claires qui s'échappaient d'un être de chair, de la gueule d'un monstre, c'était censé être réel ? Ça avait vraiment lieu ?

Pour brûler, le feu a besoin d'air ; où trouver de l'air dans un ventre de dragon ? Comment voulez-vous que je comprenne quoi que ce soit quand une bête lourde comme un éléphant, avec des flammes qui jaillissent entre ses dents carnivores, se met à voler dans les airs ?

Là, moi, j'avais pris racine, oui, vraiment. Comme si mes orteils s'étaient enfoncés dans le sol pour trouver de l'eau. Et maintenant je ne pouvais plus les bouger parce qu'ils étaient pris dans la terre. Ou dans ce qui tenait lieu de terre dans ce monde atroce...

(à suivre)

EVERWORLD 4

LE DOMAINE DE LA PEUR

– J'espère que tu sais que je refuse de cuisiner cet animal. Pas question que j'étripe un cochon sauvage, protesta April d'une voix un peu aiguë. C'est déjà assez dur de devoir manger de la viande, je ne le vide pas. Je vous rappelle qu'en temps normal, je suis végétarienne.

– Nous pourrions procéder par ordre, proposai-je. D'abord on le tue, ensuite on se préoccupe de la sauce barbecue.

– Chut. Ne le fais pas fuir, souffla David.

– Il n'a pas peur, remarqua Christopher.

– Non, il n'en a pas l'air, hein ? Pourquoi n'a-t-il pas peur ?

– Peut-être qu'il ne nous voit pas.

– Il nous sent, en tout cas, Jalil.

– Eh, le cochon-cochonnet, papa veut un peu de bacon, dit David.

C'est alors que l'animal se mit en mouvement. Il ne détala pas, oh non : il fonça droit sur nous. A toute vitesse.

David leva son épée au niveau de son épaule, prêt à éventrer la bête.

Elle se rua sur nous. David frappa. L'animal le percuta de tout son poids. David tournoya sur lui-même et s'écroula en agrippant sa jambe et en criant de douleur. Je vis le sang jaillir.

Christopher lâcha un juron. Le cochon était déjà sur lui. J'assenai un coup de haut en bas, mais je ratai ma cible. La pointe de mon épée se ficha dans la terre, je n'eus pas le temps de la dégager. La bête me renversa comme une boule de bowling qui touche la dernière quille restée debout. Je m'étalai de tout mon long. Le cochon se jeta sur moi. Je voulus le repousser. Sous le poil rêche, mes mains ne rencontrèrent que du muscle, pas de graisse.

Les défenses, ces dents incurvées et redoutables, étaient à quelques centimètres de mon visage. Ce monstre allait me déchiqueter. Il allait me tuer !

Christopher abattit son bâton comme une massue, en plein sur l'échine de la bête. Elle grogna, et son groin se rapprocha encore de mon visage. Je hurlais. Pas des paroles articulées, juste un cri désespéré et perçant.

Christopher continuait de frapper. En vain.

Et puis, soudain, presque calmement, le cochon descendit de mon torse. Il s'éloigna de deux ou trois mètres, au trot, s'arrêta et se retourna pour nous contempler d'un air de mépris amusé.

– Donnez-moi vos pommes, gronda-t-il. Donnez-moi vos pommes ou je vous éventre, l'un après l'autre.

Nous lui donnâmes les pommes.

Une journée ordinaire à Everworld. **(à suivre)**

Par K.A. Applegate, l'auteur d'EverWorld

Connaissez-vous la série ANIMORPHS ?

Nous avons un **pouvoir** extraordinaire : celui de nous **transformer** en animal. Et de nous cinq dépend le sort du monde, menacé par une invasion **extraterrestre**. Mais nous ne pouvons vous dire qui nous sommes. C'est trop **risqué**. Nous devons être prudents, très **prudents**. Car s'**Ils** nous trouvent... Ce que vous devez savoir, c'est que nous sommes tous en **danger**. **Oui, même vous !**

Déjà parus dans la série

ANIMORPHS

1. L'invasion
2. Le visiteur
3. L'affrontement
4. Le message
5. Le prédateur
6. La capture
7. L'inconnu
8. L'extraterrestre
9. Le secret
10. L'androïde
11. L'oubli
12. La menace
13. La mutation
14. Le mystère
15. L'évasion
16. L'alerte
17. Le piège
18. La décision
19. Le départ
20. La découverte
21. L'ennemi
22. La solution
23. L'héritier
24. Le soupçon
25. Le voyage
26. Le duel
27. La mission
28. La manipulation
29. L'Épidémie
30. La rencontre
31. La conspiration
32. Le double
33. L'Illusion
34. La prophétie
35. Le péril
36. La civilisation
37. La défaite

Loi n° 49-956 du 16 juillet 1949
sur les publications destinées à la jeunesse
ISBN 2-07-054482-6
Dépôt légal : novembre 2000
Numéro d'édition : 97730
Numéro d'impression : 53225
Imprimé sur les presses de la Société Nouvelle Firmin-Didot